Zadig ou la Destinée

查第格

[法] 伏尔泰————著
傅　雷————译

四川大学出版社
SICHUAN UNIVERSITY PRESS

图书在版编目（CIP）数据

查第格 /（法）伏尔泰著；傅雷译. -- 成都：四川大学出版社，2024.8. -- ISBN 978-7-5690-7216-7

Ⅰ．I565.44

中国国家版本馆 CIP 数据核字第 2024WD8347 号

书　　名：	查第格
	Zhadige
著　　者：	［法］伏尔泰
译　　者：	傅　雷

责任编辑：梁　平
责任校对：廖庆扬
装帧设计：曾冯璇
责任印制：李金兰

出版发行：四川大学出版社有限责任公司
　　地　址：成都市一环路南一段 24 号（610065）
　　电　话：（028）85408311（发行部）、85400276（总编室）
　　电子邮箱：scupress@vip.163.com
　　网　址：https://press.scu.edu.cn
印前制作：人天兀鲁思（北京）文化传媒有限公司
印刷装订：北京文昌阁彩色印刷有限责任公司

成品尺寸：145mm×210mm
印　　张：7.125
字　　数：130 千字

版　　次：2024 年 10 月 第 1 版
印　　次：2024 年 10 月 第 1 次印刷
印　　数：1—3000 册
定　　价：68.00 元

本社图书如有印装质量问题，请联系发行部调换

版权所有 ◆ 侵权必究

扫码获取数字资源

四川大学出版社
微信公众号

目 录

查第格 1
一　　独眼人 3
二　　鼻 子 7
三　　狗与马 10
四　　眼红的人 15
五　　侠义的人 22
六　　宰 相 25
七　　调解与接见 28
八　　嫉 妒 32
九　　挨打的女人 38
十　　奴 役 42
十一　殉 夫 46
十二　晚 餐 50
十三　约 会 55
十四　强 盗 59
十五　渔 夫 64
十六　四脚蛇 68
十七　比 武 77
十八　隐 士 83
十九　猜 谜 90

如此世界 95

梅 农 119

两个得到安慰的人 129

小大人 135
    一　一个天狼星系的居民游历土星 137
    二　天狼星居民与土星居民的谈话 141
    三　天狼星居民与土星居民的旅行 145
    四　他们在地球上的遭遇 148
    五　两位旅客的实验与讨论 152
    六　他们与人类的接触 155
    七　与人类的谈话 160

一个善良的婆罗门僧的故事 167

白与黑 173

耶诺与高兰 193

附 录 207

查第格

一　独眼人

摩勃达王临朝的时候，巴比伦有个青年名叫查第格，天生的品性优良，又经过教育培养。虽则年少多金，倒能清心寡欲。他毫无嗜好；既不愿永远自以为是，也肯体谅人类的弱点。大家都奇怪，他尽管颇有才气，却从来不用冷嘲热讽去攻击那些渺渺茫茫，喧哗叫嚣，各不相干的议论，也不指斥那些大胆的毁谤，无知的断语，粗俗的戏谑，无聊的聒噪，巴比伦的所谓清谈。他记得查拉图斯脱拉①在《经典》第一卷中说过，自尊心是个膨胀的气球，戳上一针就会发出大风暴来的。查第格尤其不自命为轻视女性和压制女性。他气量很大，按照查拉图斯

---

① 查拉图斯脱拉为古代波斯的教主，生卒年月不可考，但至迟在公元七世纪以前。伏尔泰在小说中常引用其遗教，但有时纯属假托。

查第格

脱拉有名的教训,对无情无义的人也不怕施恩;那教训说:你吃东西,总得分点儿给狗吃,即使它们会咬你。查第格明哲保身,无出其右,因为他专门跟哲人来往。他深通古代加尔提人①的学问,当时人所知道的自然界的物理,他无有不知;他也通晓古往今来的人所知道的玄学,就是说微乎其微。不管当时的新派哲学怎么说,他深信一年总是三百六十五又四分之一天,太阳总是宇宙的中心。大司祭们神态傲慢的说他心术不正,说相信太阳自转,相信一年有十二个月,都是与国家为敌。查第格听了,一声不出,既不动怒,也不表示轻蔑。

查第格有的是巨大家私,因此也有的是朋友;再加身体康健,相貌可爱,中正和平,度量宽宏,感情真诚,便自认为尽可以快乐度日。他和赛弥尔订了婚。以她的美貌,出身,家财而论,算得上巴比伦第一头亲事。查第格对赛弥尔的情意,深厚而高尚;赛弥尔对查第格的爱情也很热烈。结缡的佳期近了,两人正在幼发拉的河滨的棕榈树下散步,向巴比伦的一座城门走去;忽然迎面来了几个人,拿着刀箭。原来是少年奥刚的打手。奥刚是一位大臣的侄儿,听了叔叔门客的话,相信自

---

① 巴比仑平原古代亦称加尔提,故巴比仑人亦称加尔提人。

一　独眼人

己可以为所欲为。他毫无查第格的风度和品德，但自以为高明万倍，所以看到人家不爱他而爱了查第格，懊恼透了。这嫉妒是从虚荣心来的，奥刚却错认为对赛弥尔爱得如醉若狂，决定把她抢走。那般抢亲的人抓住赛弥尔，逞着兽性动武，把她伤害了，使一个连伊摩斯山上的老虎见了都会软心的少女流了血。她哭声震天，叫道："哎哟，亲爱的丈夫呀！他们把我跟心爱的人儿拆散了呀！"她不顾自己的危险，只想着心疼的查第格。那时，查第格把勇敢和爱情给他的力量，全部拿出来保卫赛弥尔。他靠着两个奴隶帮忙，才打退强人，把血迹斑斑，昏迷不醒的赛弥尔送回家。她睁开眼睛，见了恩人，说道："噢，查第格，我一向爱你，只因为你是我的丈夫；现在我爱你，可把你当做救我名节，救我性命的恩人了。"从来没有一个人的心比赛弥尔的心感动得更深，也从来没有一张更迷人的嘴巴，能用那些火热的话比赛弥尔吐露出更动人的感情；那是最大的恩德和最正当的爱情激发起来的。她受的是轻伤，不久就好了。查第格的伤却更凶险：眼旁中了一箭，创口很深。赛弥尔但求上帝保佑她爱人早日康复。她一双眼睛日夜流泪，只盼望查第格的眼睛重见光明。但那只受伤的眼长了一个疮，形势危险了。他们派人赶往孟斐斯请名医埃尔曼斯。埃尔曼斯带着大批随从来了，看过病人，说那只眼必瞎无疑，还把瞎的日子和钟点都预言了。他道："要是伤在右眼，我就能医，但伤在左眼是无救的。"全巴比伦的人一边可怜查第格的命运，一边佩服埃尔曼斯医道高深。过了两天，疮出了脓；查第格完全好了。埃尔曼斯写了一部书，证明查第格的伤是不应该好的。查第格根本不看那书。到了能出门的时候，他立刻打点一番，去拜访情人；他的一生幸福都寄托在赛弥尔身上，要保住眼睛也无非为了她一个人。赛弥尔已经在乡下住了三天。查第格在半路上听说这位美人明白表示，对于一只眼的男子有种难以抑制的厌恶；她上一天夜里已经嫁给奥刚了。一听这消息，查第格当场晕倒，痛苦得死去活来。他病了好久；但理性终究克服了悲伤，遭遇的残酷倒反指点了他一条出路。

他说："一个在宫廷中长大的女子对我这样狠毒这样任性，还不如娶个平民罢。"查第格便挑了城里最本分，身家最清白的一个姑娘，叫做阿曹拉，和她结了婚，在情爱弥笃的温柔乡中过了一个月。可是他发觉阿曹拉有点轻佻，喜欢把长得最漂亮的青年当做最有思想最有德行的人。

二　鼻　子

　　有一天，阿曹拉散步回来，怒气冲天，大惊小怪的直嚷。查第格问她："亲爱的妻子，你怎么啦？谁把你气成这样的？"她说："唉！我亲眼目睹的事，要是你看到了，也会跟我一样。我本想去安慰高斯罗的年轻寡妇。前两天，她才替年轻的丈夫盖了一座坟，坐落在那片小溪环绕的草原上。她悲痛万分，向所有的神明发誓，只要溪水在旁边流一天，她就在坟上守一天。"查第格说："好啊，这才是一位可敬的女子，真正爱她丈夫的！"阿曹拉回答："你可想不到我去看她的时候，她在干什么呢！"查第格道："美丽的阿曹拉，那末她在干什么呢？"——"把溪水引到别处去。"阿曹拉接着把青年寡妇破口大骂：责备的话说得那么多，那么凶，叫查第格听了她满嘴的仁义道德，很不高兴。

查第格有个朋友叫做加陶，就是阿曹拉认为比别人更老实更优秀的那种青年。查第格把计划告诉加陶，送了他一笔重礼，希望他对自己忠心。阿曹拉在乡下一个女朋友家住了两天，第三天回来；仆人们哭哭啼啼对她说，她丈夫上一天夜里得了暴病死了，他们不敢报告她凶信，已经把主人葬在花园尽头的祖坟上。阿曹拉哭了，扯着头发，赌咒说要寻死。当夜加陶来要求和她谈谈，两人都哭了。第二天，他们哭声稍止，一同吃了中饭。加陶告诉阿曹拉，说查第格送了他大部分家私，加陶意思之间，要阿曹拉一同享受这笔财产才觉得快乐。那太太听着哭了，恼了，慢慢的缓和了。夜饭吃得比中饭更长久，彼此谈得更亲密：阿曹拉称赞故世的丈夫，但承认他有些缺点是加陶没有的。

夜饭吃到一半，加陶忽然叫苦，说脾脏剧烈作痛。那太太又着急，又殷勤，叫人把她化妆用的香精全部拿来，试试有没有能治脾脏痛的。她很懊恼伟大的埃尔曼斯已经不在巴比仑。她甚至不惜高抬贵手，摸摸加陶痛得最厉害的胸部侧面，很同情的问道："这种痛苦的病，你可是常发的？"加陶回答说："有时候几乎把我命都送掉；只有一个办法可以止痛，就是要找一个上一天新死的人的鼻子，放在我胸部侧面。"阿曹拉道：

二 鼻 子

"这个医法倒古怪得很。"加陶回答:"不见得比用小口袋治盲肠炎更古怪①。"这个解释,加上这位青年的了不起的品德,使阿曹拉下了决心。她说:"归根结底,我丈夫从过去世界打几那伐桥上度到未来世界去的时候,不见得因为第二世里的鼻子比第一世里短了一些,阿斯拉埃神就不让他过去。"于是她拿了一把剃刀来到丈夫坟前,把眼泪浇了一遍,看见查第格直僵僵的躺在穴内,便走近去预备割他的鼻子。查第格却爬起来,一手按着鼻子,一手挡住阿曹拉的剃刀,说道:"太太,别再把那年轻的高斯罗寡妇骂得那么凶了;割我鼻子的主意,和把溪水改道的主意还不是半斤八两!"

---

① 当时有个巴比仑人名叫阿尔奴,在报纸上宣传,说头颈里挂一个小口袋,能医治并预防一切盲肠炎。——原注

三　狗与马

查第格体会到,《藏特经》上说的很对,新婚的第一个月是蜜月,第二个月是苦草月。过了一些时候,阿曹拉的脾气变得太不容易相处了,查第格只得把她退婚;觉得一个人要求幸福还不如研究自然界。他说:"上帝在我们眼前摆着一部大书,能够读这部大书的哲学家才是天下最快乐的人。他发现的真理,别人是拿不走的;他培养自己的心灵,修身进德;他能安心度日,既不用提防人家,也没有娇妻来割他的鼻子。"

心里存着这些念头,他离开城市,住在幼发拉的河边的一所别庄里。他在那儿所关心的不是桥洞底下一秒钟流过几寸水,也不是鼠月里下的雨是否比羊月里多出一立方分。他既不

三 狗与马

打算用蜘蛛网缫丝①,也无意把破瓶子做成瓷器②;他只研究动植物的属性。他的观察力很快就训练得十分敏锐:别人看来相同的东西,他能发现无数的区别。

有一天,他在一个小树林附近散步,看见迎面来了一个王后的太监,后面跟着好几位官员,神色仓皇,东奔西跑,好像一些糊涂虫丢了什么贵重的宝贝,在那里寻找。总管太监问查第格:"喂,小伙子,可曾看见王后的狗?"查第格很谦虚的回答:"噢,那是只母狗,不是雄狗。"总管太监说:"不错,是只母狗。"查第格又道:"而且是很小的鬈毛狗,不久才生过小狗,左边的前脚是瘸的,耳朵很长。"总管太监气吁吁的说道:"那末你是看到的了。"查第格回答:"不,我从来没看见过,也从来不知道王后有什么母狗。"

正在那时候,出了一件天下常有的巧事:王上御厩中一匹最好的马从马夫手里溜走,逃到巴比伦的旷野里去了。大司马

---

① 一七一〇年时,有个名叫篷·特·圣-伊兰尔的人,向法国科学院提出一篇《论蜘蛛网》的文章。

② 此系讽刺法国物理学家雷奥缪(一六八三~一七五七)对于不透明玻璃与瓷器的研究。

和所有的官员一路追来,和追寻母狗的总管太监一样焦急。大司马招呼查第格,问他可曾看见御马跑过。查第格回答说:"那马奔驰的步伐好极了;身高五尺,蹄子极小;尾巴长三尺半;金嚼子的成色是二十三克拉;银马掌的成色是十一钱。"大司马问:"它往哪儿跑的呢?在哪儿呢?"查第格回答:"我根本没看见,也从来没听人说过。"

大司马和总管太监认为王上的马和王后的狗毫无疑问是查第格偷的,便带他上总督衙门。会审的结果判他先吃鞭子,再送西伯利亚终身流放。才宣判,狗和马都找到了。诸位法官只得忍着委屈重判,罚查第格四百两黄金,因为他把看见的事说做没有看见。查第格先得缴足罚款,然后获得准许在总督大堂上替自己辩护。他的话是这样说的:

"诸位大人是正直的星辰,知识的宝库,真理的明镜,凝重如铅,坚硬如铁,光明如钻石,与黄金相伯仲。既然允许我在这个庄严的堂上说话,我就用奥洛斯玛特大神的圣名发誓,我从来没看到王后的宝犬,也从来没看到万王之王的神骏。事情是这样的:有一天我正在散步,向小树林走去;后来遇到年高德劭的内监和声名盖世的大司马,就在那地方。我看见沙地上有动物的足迹,一望而知是小狗的脚印。脚印中央的小沙堆

三 狗与马

上,轻轻的印着一些长的条纹;我知道那是一只乳房下垂的母狗,不多几天才生过小狗。在另外一个方向还有些痕迹,好像有什么东西老是在两只前脚旁边掠过,这就提醒我那狗的耳朵很长。又注意到沙土上有一个脚印没有其余的三个深,我明白我们庄严的王后的宝犬,恕我大胆说一句,是有点儿瘸的。

"至于万王之王的御马,且请各位大人听禀:我在那林中散步,发觉路上有马蹄的痕迹,距离都相等;我就心上想:这匹马奔驰的步伐好极了。林中的路很窄,只有七尺宽,两旁的树木离开中心三尺半,树身上的尘土都给刷掉了一些。我就说:这匹马的尾巴长三尺半,左右摆动的时候刷掉了树上的灰土。两边树木交接,成为一片环洞形的树荫,离地五尺,树荫底下有些新掉下来的叶子;我懂得那是给马碰下来的,可知那匹马身高五尺。至于马嚼子,一定是用二十三克拉的黄金打的,因为嚼子在一块石头上擦过,我认得是试金石,还把那石块做了试验。又因为马蹄在另外一类的小石子上留着痕迹,所以我断定马掌是成色十一钱的银子打的。"

全体法官都佩服查第格深刻细致的鉴别力;消息竟传到王上和王后那里。前厅上,寝宫内,会议厅上,到处只谈论查第格。好几位大司祭认为应当把查第格当做妖人烧死;王上却下令发还四百两黄金的罚款。检察官,书记官,执达吏,大排仪仗,把四百两黄金送回查第格家,只扣掉三百九十八两讼费;他们的跟班又问查第格讨了赏钱。

查第格看到一个人太博学有时真危险,便打定主意以后再有机会,决不把看到的事说出来。

这机会不久就来了。监牢里逃出一个判了重罪的犯人,在查第格窗下走过。查第格受到盘问,一言不答;但有人证明他曾经向窗外探望。为这个罪名,他罚了五百两黄金,还得按照巴比伦的规矩,向诸位法官谢恩,感谢他们的宽大。查第格心里想:"天哪!树林里走过了王后的狗和王上的马,你再去散步就该倒楣了!在窗口站一会又是危险的!一个人要在这一世里快乐真是多难啊!"

四　眼红的人

查第格受了命运的磨折,想用哲学和友谊来排遣。他在巴比仑近郊有所屋子,陈设幽雅,凡是与上等人身份相称的各种艺术和娱乐,都搜罗齐备。白天,是学者都可到他藏书室去看书;晚上,是上等人都可以到他家去吃饭。但他不久就发觉学者非常危险。为了查拉图斯脱拉禁食葛里凤①的戒令,他们展开一场激烈的辩论。有的说:"要是世界上没有这动物,怎么禁止人吃呢?"另外几个说:"既然查拉图斯脱拉禁止人吃,就一定有这动物。"查第格有心调解,对他们说道:"如果真有葛里凤,我们就不吃;如果没有,我们更不会吃。这样,我们个个人都遵守了查拉图斯脱拉的戒令。"

---

① 葛里凤为神话中一种半狮半鹫的怪物。

查第格

有一位学者写过十三卷讨论葛里凤属性的著作,又是能与神灵交通的巫术大师;他急忙到一位叫做叶蒲的总司祭前面控告查第格。叶蒲是最愚蠢,因此也是最偏执的加尔提人。他颇想用木柱洞腹的刑罚把查第格处死,作为献给太阳神的祭礼;而他念起查拉图斯脱拉的经文来,语调也可以更称心如意。朋友加陶(一个朋友胜过十个教士)去见老叶蒲,和他说:"太阳万岁!葛里凤万岁!你千万不能责罚查第格:他是个圣者,养牲口的院子里就有葛里凤,可绝对不吃。控告他的人却是妖言惑众,胆敢主张兔子的脚是分蹄的,还说这动物并非不洁[①]。"叶蒲把他的秃头摇了几摇,说道:"好吧,既然查第格对葛里凤怀着恶意,控告他的人对兔子出言荒谬,两人都该受洞腹之刑。"加陶托一个姑娘斡旋,把事情平息了。那姑娘曾经和加陶生过一个孩子,在祭司总会里颇有势力。结果谁也没有受洞腹之刑;好几位博士因此私下议论,说是巴比伦气运衰落的预兆。查第格却嚷道:"一个人的幸福究竟靠什么的

[①] 《旧约·申命记》第十四章提到禁忌的食物,说凡是分蹄成为两瓣而又反刍的走兽都可以吃;接着又说,骆驼、兔子、沙番,不可吃,因为它们反刍而不分蹄,所以是不洁的。伏尔泰在此嘲笑其前后矛盾。

四　眼红的人

呢？这个世界上的一切，连莫须有的东西在内，都要害我。"他咒骂学者，从此只打算跟上等人来往。

他在家招纳一些巴比伦最高尚的男人和最可爱的妇女。他供应精美的晚餐，饭前常常先来个音乐会。饭桌上谈吐风雅，兴致甚豪；查第格想法不让大家在谈话中互相争竞，卖弄才情；那才是流于恶俗，破坏盛会的不二法门。他对于朋友和菜肴的选择，都不从虚荣出发；他什么事都喜欢实际，不喜欢表面；因此他赢得了真正的敬意，而这又不是他有心追求的。

他屋子对面住着一个人名叫阿利玛士，粗俗的脸上活活画出他凶恶的心地。他一肚子尽是牢骚和骄傲，再加是个讨人厌的才子。因为在交际场中不得意，他就用毁谤来报复。尽管那么有钱，他家中连马屁鬼都不容易招集。查第格家晚上车马盈门的声音，使他很不舒服；颂扬查第格的声音使他更恼恨。有时他到查第格家去，不经邀请便上了桌子，叫宾主都扫兴；好像传说中的妖精哈比，一碰到肉，肉就烂了。有一天，阿利玛士预备大开筵席，款待一位太太，谁知那太太不接受，反而上查第格家吃饭。另外一天，他在宫中和查第格谈话，遇到一位大臣，大臣请查第格吃饭而不请阿利玛士。世界上最难化解的仇恨，往往并没比此更重大的原因。这个在巴比仑被称为眼红的人，存心要陷害查第格，因为查第格被称为福人。而正如查拉图斯脱拉说的：一天有一百个机会作恶，一年只有一个机会行善。

眼红的家伙有一次到查第格家：查第格正陪着两个朋友和一位太太在园中散步；他一向喜欢对那太太说些殷勤话，除了顺口说说以外，并无他意。那天谈的是新近结束的战事，巴比伦王把属下的诸侯伊尔加尼打败了。在那次短期战役中表现很英勇的查第格，极力歌颂王上，尤其歌颂那位太太。他当场作了四句诗，拿起石板写下来，给那位美丽的太太看。朋友们要求传观；查第格为了谦虚，尤其为了爱惜文名，拒绝了。他知道，即兴的诗只有对题赠的人才有价值；他把石板裂为两半，随手往蔷薇丛中一扔，让大家白找了一阵。接着下起小雨来，众人都回进屋子。眼红的阿利玛士留在园中竭力搜寻，终于找到了两块碎片之中的一块。石板破裂之下，碎片上的残诗竟然每行都有意义，而且是句子最短的诗。更奇怪的是，这首小诗的意义竟是对王上最恶毒的侮辱，念起来是这样的：

    罪大恶极的暴行，
    高踞着宝座。

四　眼红的人

　　为了大众的安宁，

　　　这是唯一的敌人。

　　眼红的阿利玛士生平第一次觉得快乐了。他手里的把柄尽可断送一个有德而可爱的人。他泄愤的目的达到了，心里非常痛快，托人把查第格亲笔写的谤诗送给王上。查第格，连他的两个朋友和那位太太，一齐下狱。案子不经审问，很快就定局了。宣判那天，阿利玛士等在路上，大声告诉查第格，说他的诗一文不值。查第格并不自命为高明的诗人，但看到自己判了大逆不道的罪，一位美丽的太太和两位朋友又被他莫须有的罪名连累，关在牢里，不由得悲痛万分。他不准开口，因为他的石板就是他的口供。这是巴比伦的法律。他被押上法场，一路挤满闲人，没有一个敢可怜查第格；他们是赶来打量他的脸，看他是否能从容就死的。伤心的只有他的家属，因为承继不到遗产。查第格的家私四分之三归了国王，四分之一赏了眼红的阿利玛士。

　　正当查第格预备就刑的时候，国王的鹦鹉飞出回廊，飞往查第格家的园子，在蔷薇丛中停下。近边一株树上有只桃子被风吹落在灌木中间，黏在一块写字用的石板上。鹦鹉衔着桃子，

查第格

连着石板,一径飞到国王膝上。国王很奇怪,觉得石板上的文字毫无意义,好像是诗句的结尾。他一向喜欢诗歌;而遇到爱诗歌的帝王,事情总是好办的。国王为了鹦鹉的事左思右想。王后记起查第格石板上写的句子,叫人把石板拿来。两块凑在一起,完全符合,而查第格的原诗也全部看出来了:

> 罪大恶极的暴行,搅乱了朗朗乾坤;
> 高踞着宝座,圣主镇压了所有的邪魔。
> 为了大众的安宁,为了爱民而出征;
> 这是唯一的敌人,值得叛徒胆战心惊。

国王立即召见查第格,下令把他的两个朋友和美丽的太太释放出狱。查第格伏在国王和王后脚下,以面扑地,诚惶诚恐的要求宽恕他的诗写得那么恶劣。他谈吐文雅,才智敏捷,而又切中事理,国王和王后听了,把他再度召见。他去了,应对愈加称旨。诬告的阿利玛士全部家私罚给查第格;查第格分文不取。阿利玛士并不感动,只因为能保全财产而高兴。王上对查第格宠眷日隆,一切娱乐都召他参与,大小事务都向他咨询。从此王后瞧着他的眼神另有一种亲切的表情,这是对王后,对她尊严的丈夫，对查第格，对国家，都可能有危险的。查第格却开始认为一个人要幸福并不难了。

五　侠义的人

那时正临到五年一次的大庆。巴比伦向例,每五年要选拔一个行为最侠义的公民在庄严的大会上宣布姓名。各位大臣和各位祭司担任评判。管辖京城的大都督挑出在他任内发生的最高尚的事,逐一报告,然后举行投票,再由国王决定。世界上最偏远的地方都有人来参观这个大典。优胜者由国王亲赐一只满贮宝石的金杯,还加上几句话:我赐你这件奖品,表扬你的侠义,但愿神明多给我几个像你一样的子民。

隆重的节日到了;国王登上宝座,周围尽是大臣,祭司,和各国派来观光的代表。要获得这竞赛的荣誉,不是倚仗骏马的矫捷,也不是靠武士的勇力,而是凭个人的德行。大都督高声报告一些事迹,都是够得上得这个至高无上的奖赏的。他绝口不提查第格胸襟宽大,退还阿利玛士全部家产的事;那不是

五　侠义的人

一桩有资格参加竞选的行为。

他先介绍一位法官,由于并不需要他负责的误会,使一个公民打输了官司,损失浩大;法官拿出自己的全部家财,数目正好补偿那公民的损失。

接着推荐一个青年,如醉若狂的爱着未婚妻。但他有个朋友对他的未婚妻害着相思病,差不多要死了。那青年把爱人让给朋友,还送了一份陪嫁。

接着又提到一个小兵,在讨伐伊尔加尼的战役中表现得更有义气。几个敌兵跑来抢他的情人,他奋勇抵抗;忽然有人报告,说他母亲在近边被另外几个伊尔加尼匪徒掳走;他哭哭啼啼的丢下情人,赶去救出母亲;回头再找到爱人,爱人已经快断气了。他想自杀;母亲说要是他死了,她就别无依靠;于是他鼓足勇气,忍着痛苦活下去了。

一般评判员都偏向这个兵。国王发言的时候却说:"这个兵和其余的两个人,行为固然高尚,但我并不觉得惊奇;昨天查第格做了一件事,却出我意料之外。前几天我罢黜了我宠幸的大臣高兰勃,把他骂得体无完肤;所有的朝臣都说我心肠太软,还互相比赛,唯恐说高兰勃的坏话说得不够。我征求查第格的意见,他居然敢说高兰勃的好话。拿自己的家产补赎过失,把情人让给朋友，为了母亲而牺牲爱人：这种例子，我承认我们的历史上都有过；但从来没有一个朝臣敢替一个失宠的，国王正在为之震怒的大臣说好话。刚才提到的几个义士，我每人赏两万金洋；可是那只金杯，我赐给查第格。"

查第格答道："真有资格得此金杯的只有陛下；是陛下做了旷古未有的事；因为陛下身为国王，听了臣下的逆耳之言，竟不以为罪。"

大家都赞美国王和查第格。捐献家产的法官，把爱人嫁给朋友的青年，为救母亲而牺牲情人的兵，都得到国王的奖赏，在侠义录上留了名。查第格得了金杯。国王得了圣主的英名，可惜这英名没有保持长久。那天的庆祝会，时间超过了法律的规定；直到如今，亚洲还有人记得。查第格说："啊，我终于幸福了！"可是他想错了。

六 宰 相

宰相故世，国王任命查第格接任。巴比伦所有的漂亮太太都表示欢迎，因为开国以来不曾有过这样年轻的宰相。所有的朝臣都气恼；眼红的阿利玛士吐了血，鼻子肿得异乎寻常。查第格向王上王后谢过恩，又去谢鹦鹉，说道："美丽的鸟儿，你救了我的命，给我当了宰相；陛下的马和王后的狗害得我好苦，你却赐福于我。想不到人的命运受这些东西操纵！"接着又道："可是这样意想不到的福气，恐怕不能长久罢。"鹦鹉答道："是的。"查第格听着，吃了一惊；但他既是高明的物理学家，又不信鹦鹉能预言，一会儿也就放下心来，尽心竭力的执行宰相的职务。

他教每个人感觉到法律的神圣，而不让一个人感觉到他爵位的压力。他决不干涉枢密会议的舆论，所有的大臣都可发表意见,不会使他不喜。他判案子,不是他判而是法律判的;法律太严的时候,他加以轻减;没有法律可引,他就另立新法,其公平合理,人家竟以为是查拉图斯脱拉订的。

"罚一无辜,不如赦一有罪",这个流传各国的伟大的教训便是从查第格来的。他认为立法的作用,为民奥援与使民戒惧同样重要。人人都想隐蔽事实,查第格主要的才能却是辨明真相。

接任不久,他就运用了这个了不起的才能。巴比伦一个有名的商人死在印度;他生前嫁了女儿,把余下的财产平分给两个儿子;还留下三万金洋,预备赏给两个儿子中公认为更孝顺他的一个。大儿子替他盖了一座坟;小儿子拿出一部分遗产送给姊妹。大家说:"大儿子孝父亲,小儿子爱姊妹;三万金洋应当给大儿子。"

查第格把两个儿子先后叫来。他对大儿子说:"你的父亲没有死,最近一场病好了,就要回巴比伦来了。"大儿子答道:"谢谢上帝!只可惜一座坟花了我很多钱!"查第格接着对小儿子照样说了。他答道:"谢谢上帝!我要把全部财产还给父亲;但我送给姊妹的一份,希望父亲让她留着。"查第格说:"你什么都不用还,另外再给你三万金洋;更孝顺父亲

六　宰相

的是你。"

　　一个非常有钱的少女向两个祭司许了婚，受过他们几个月训导，怀孕了。两个男的争着要娶她。她说："我要嫁给使我为国家多添一个公民的男人。"一个说："这件好事是我做的。"另外一个说："这件功劳是我的。"她答道："两人之中谁能给孩子受最好的教育，我就承认他是孩子的父亲。"她生了一个儿子。两位祭司争着要领去教养。案子告到查第格手里。查第格把两个祭司叫来，先问一个："你对你监护的孩子预备教些什么？"一个祭司回答："我要教他八种辞类，教他辩证法，占星学，魔鬼附身术，教他何谓本体，何谓偶然，何谓抽象，何谓具体，何谓单元，何谓先天和谐。[①]"另外一个祭司说："我吗，我要努力使他做一个正直的人，够得上跟人交朋友的人。"查第格判道：不管你是不是孩子的父亲，你可以娶他的母亲。

[①] 十七、十八世纪时德国哲学家莱布尼兹的宇宙论，有所谓单元与先天和谐之说，伏尔泰常于小说中加以讥讽。

七　调解与接见

　　这样,他的奇妙的天才与慈悲的心肠每天都有所表现,不但人人佩服,而且一致爱戴。他被认为世界上最有福的人;全国上下只听见他的名字;所有的妇女都打着手眼镜瞧他;所有的国民都颂扬他的正直;学者们奉他为权威,连教士都承认他比年老的总司祭叶蒲更博学。没有人再拿葛里凤的案子告他;大家只相信他认为可信的事。
　　一千五百年以来,巴比伦有件争论不休的大事;全国为此分作两派,各不相下:一派主张只能用左脚跨进太阳神庙;另外一派痛恨这个习惯,一向是用右脚进门的。大家只等庆祝圣火的节日来到,看看查第格赞成哪一派。全世界的眼睛都盯着他的一双脚,全城骚动,都觉得无法预测。查第格把两脚并在一起,跳进庙门;然后雄辩滔滔的发表一篇演讲,证明天地的

七　调解与接见

主宰对人一视同仁，不会对左脚或右脚有所偏爱。

眼红的阿利玛士和他的女人，认为查第格的演讲辞藻贫乏：山岳丘陵，嘴里搬弄得不够。他们说："查第格语言无味，毫无才气：我们既看不见海洋奔逃，明星下堕，也看不见日球像蜡一般融化；美妙的东方文体，他完全没学到。①"但查第格的文体只求入情入理。众人都站在他一边，并非因为他走的是正道，或是因为他讲理，或者因为他和蔼可亲，而是因为他是当朝宰相。

白衣祭司与黑衣祭司的大公案，查第格也解决得同样圆满。白衣派一口咬定，面向东方的祷告是亵渎上帝；黑衣派坚持说，上帝最恨祷告的人面向西方。查第格下令面向何处，各听自由。

查第格就有这样的秘诀，把例行公事和特别的事都在早上办完；余下的时间他用来修饰巴比伦的市容。使人下泪的悲剧和使人发笑的喜剧，久已过时了，查第格因为趣味高雅，重新提倡。他并不自命比艺术家懂得更多，他只赏赐他们恩惠和荣

---

① 山岳丘陵，海洋奔逃，日球融化等数句，系作者讽刺《圣经》中的《诗篇》第一百十三首及《以赛亚书》第十四章的措辞。

29

誉,决不暗中嫉妒他们的才能。晚上,他在宫中娱乐国王,尤其是王后。王上说:"多了不起的宰相!"王后说:"多可爱的宰相!"两人都补上一句:"要是当初把他吊死了,才可惜呢!"

从来没有一个当权的人需要接见那么多的女太太。她们大半来和查第格谈些莫须有的事,目的是要和他有点儿事。眼红的女人在第一批中求见,她用太阳神的名字赌咒,用查拉图斯脱拉的经典赌咒,说她对丈夫的行为深恶痛绝;说他是个醋罐子,粗暴的男人。她还透露出来,男子所以能在某一点上跟神仙相仿,全靠圣洁的火焰给他一些奇妙的效果,但她丈夫受了天罚,得不到那个法宝。最后她把吊袜带掉在地下;查第格照例很有礼貌的捡了起来,但并不替她扣在膝上。这个小小的过失,假如算是过失的话,竟酿成了空前的惨祸。查第格事过即忘,眼红的女人却是念念不忘。

天天都有女太太们求见。巴比伦的野史上说,查第格投降过一次。但他并无快感,拥抱情妇的时候心不在焉,连他自己都觉得奇怪。受到他这样莫名其妙的宠幸的,是王后阿斯达丹的一个侍女。这多情的巴比伦女子替自己譬解说:"他脑子里的事一定多得数不清,连谈情的时候还在那里思索。"在有些

七　调解与接见

男人一声不出,另外一些男人海誓山盟的时间,查第格却不由自主的叫了声:"王后!"那巴比伦女子以为查第格快乐之下,恢复了知觉,把她叫做"我的王后!"查第格始终心不在焉,又叫出阿斯达丹的名字。那太太得意忘形,一切都往好处着想,以为查第格的意思是:"你比王后阿斯达丹更美!"她拿着精美的礼物走出查第格的后宫;把这桩奇遇讲给她的好朋友,眼红的女人听。眼红的女人看见别人得宠,又气又恨,说道:"他连这根吊袜带都不屑替我扣上,我从此不用它了。"——"噢!噢!"交运的女人对眼红女人说,"你的吊袜带跟王后用的一样,可是向同一个女工买的?"眼红的女人一言不答,左思右想的出了神,找她丈夫商量去了。

查第格接见宾客,审问案子,觉得自己老是心不存焉,不懂什么缘故。这是他唯一的烦恼。

他做了一个梦:先是睡在干草上,有些刺人的草使他不得安稳;然后又软绵绵的躺在一床蔷薇花上,花中钻出一条蛇,伸出锋利的毒舌把他的心咬了一口。他说:"唉!我在那些刺人的干草上睡过很久;如今是躺在蔷薇花上;可是那条蛇代表什么呢?"

八　嫉　妒

　　查第格的灾难就是从他的幸运来的，特别是他优异的才能促成的。他每天陪国王和他尊严的王后谈话。装饰能烘托人的美貌，存心讨好也能发挥一个人的才华；因此查第格的谈吐越发动人了。他的年少风流，无形中给了阿斯达丹一个印象，而阿斯达丹并不觉得。她的情爱在无邪的心田中滋长起来。她只觉得一个为她丈夫与国家倚重的人见面，谈天，非常有趣，便毫无顾忌毫无惧怕的尽量享受。她在国王面前把查第格夸奖不已，也对宫女们提到，她们又从旁附和，极力吹嘘。这种种情形凑合起来，把爱神的箭深深的扎在她心中，而她自己并不发觉。她送礼给查第格，没想到其中有着殷勤的情意；她自以为和查第格谈话是用的王后身份，只把他当做一个惬意的臣子；但她有时的表情明明显出她动了感情。

八 嫉妒

阿斯达丹的姿色，远胜那个痛恨独眼人的赛弥尔和那个想割掉丈夫鼻子的女人。阿斯达丹的亲昵，红着脸说出来的温柔的话，有心望着别处而始终离不开查第格的眼神，使查第格心中莫名其妙的涌起一股热情。他竭力抵抗；向素来能帮助他的哲学求救；他得到理性的指示，却解不了心中的烦闷。责任心，感激心，冒犯君父的罪孽，在查第格眼里都变成赫然震怒的神道。他挣扎着，他打胜了；但这个需要随时争取的胜利，是用眼泪与呻吟换来的。他和王后都喜欢无拘无束的谈话，觉得其乐无穷；现在他不能再用那种态度了。他的眼睛蒙了一层雾；说话很勉强，有头无尾；他不敢仰视；不由自主的抬起头来，又发现王后眼中含着泪水，射出一支支的火箭；仿佛彼此都在说："我们相爱而怕相爱；我们心中有一股我们认为罪恶的热情。"

查第格见了王后出来，神思恍惚，如醉如痴，心上压着千斤重担：他一阵激动，把心事告诉了朋友加陶；正好比一个人长期熬着剧烈的痛苦，忽然一阵剧痛，不由得大叫一声，额上冒着冷汗，让人家看出了自己的苦楚。

加陶对他说："你想瞒着自己的感情，我早已看出了；情欲自有一些标记，人家不会错认的。你想，亲爱的查第格，我都看透了你的心,难道王上不会发觉你心中有那股冒犯他的感情吗?他是天底下最嫉妒的男人,这是他唯一的缺点。你比王后更能压制热情,因为你是哲学家,也因为你是查第格。阿斯达丹是女人;她就因为觉得自己还没有犯罪,所以眉目之间表情更无顾忌。她的清白使她太放心了,在人前不知检点。只要她问心无愧,我就替她提心吊胆。如果你们之间有了默契,就能瞒过众人的耳目。勉强压制的初生的感情非常惹眼,不像得到满足的爱情会隐藏。"这话等于劝查第格欺骗王上,欺骗恩主;查第格听着浑身哆嗦。他虽然对王上犯了无心的罪,却从来没有像这个时期的赤胆忠心。可是王后提到查第格的次数那么多,提到的时候脸那么红,在国王面前和查第格谈话的表情有时那么兴奋,有时那么慌张,查第格退朝以后,她又是一味的出神:国王看在眼里,不由得不烦恼。他所看到的,全部相信;没有看到的,用想象来补充。他特别注意王后的拖鞋是蓝的,查第格的拖鞋也是蓝的;王后的丝带是黄的,查第格的便帽也是黄的:对于一个多心的国王,这些都是触目惊心的标记。他心里已经有了醋意,猜疑自然变成事实。

王上和王后的奴仆,个个能刺探他们的心事,不久都看透阿斯达丹动了爱情,摩勃达起了妒性。眼红的阿利玛士,唆使

八 嫉妒

他眼红的女人把她和王后同样的吊袜带送给国王。而且祸不单行，那吊袜带也是蓝的。于是国王只盘算怎样报复了。一天夜里，他决意在第二天黎明毒死王后，绞死查第格。命令交给一个狠毒的太监执行，他是专门替王上泄忿的。宫中有个哑而不聋，没人提防的矮子；他像猫狗一样能看到一切秘密的事。小哑巴对王后和查第格素有好感，听见王上要把两人处死，又惊又骇。这可怕的命令几小时内就要执行，有什么办法通风报信呢？他不会写字，只会画图，而且画得很像。他便花了大半夜功夫，把他要告诉王后的事画出来。国王在图中一角暴跳如雷，向太监发令；桌上有一根蓝的绳子，一个瓶，几付蓝的吊袜带和黄的丝带；王后在图的中央，倒在宫女们的怀中奄奄待毙；查第格横在她脚下，已经被绞死。旭日方升的远景，说明这残酷的死刑要在太阳初放光芒的时候执行。图画好了，小哑巴赶去找阿斯达丹的一个宫女，把她惊醒，做手势要她马上把画送给王后。

半夜里有人敲查第格的门，把他叫醒，递给他王后的一封信。查第格疑心是做梦，双手发抖的拆开信来念了，大吃一惊；他的诧异，惊骇与绝望，简直无法形容。信上写的是：你得马上逃走，有人要来取你性命了。查第格，你逃罢；看在我们的爱情和我的黄丝带份上，你非听我的话不可。我自知无辜，但竟要含垢忍辱，负罪而死了。

查第格几乎连说话的力气都没有。他叫人把加陶找来，一声不出，给他看王后的信。加陶劝他照办，要他立刻取道上孟斐斯。他说："倘若你大着胆子去见王后，等于要她快死；倘若去面奏王上，你还是送她性命。她的命运由我负责；你管你自己罢。我会透露风声，说你逃往印度。我不久就来找你，告诉你巴比伦的情形。"

加陶立即叫人在一道秘密的宫门口套好两匹最快速的单峰骆驼。他叫查第格上去，简直是抬上去的，因为他快死过去了。只有一个仆人陪查第格同走。加陶又惊又骇又难过，一忽儿就不见了朋友的踪影。

那位逃亡的名人走到一座居高临下，俯瞰巴比伦的山岗边上，回头望着王后的宫殿，晕倒了：他醒来只有痛哭流涕，但求速死。他对于最可爱的女子和世界上第一位王后的残酷的命运想了一阵，又回过来想自己，叫道："人生是怎么回事啊？德行啊德行！你对我有什么用？两个女人毫无廉耻的把我欺骗了，第三个清白无辜，长得还比别人好看，倒要死了！我做的好事对我全是祸根，我享的荣华富贵不过是叫我在苦海中掉得

八　嫉妒

更深。要是我和别人一样凶恶,也就跟他们一样快乐了。"这些悲痛的感想把查第格压倒了;眼睛前面挂着一层痛苦的帘幕,脸白得像死人一样,整个的心陷入绝望的深渊,他继续往埃及道上进发。

九　挨打的女人

　　查第格照着星辰的方向赶路。猎户星和明亮的天狼星，指点他向加诺波口岸前进。他欣赏这些巨大的光球，虽则在我们的肉眼看来不过是些微弱的毫光；另一方面，我们的地球只是宇宙中细微莫辨的一个小点子，我们的贪心却把它看做广大无边，高贵之极。查第格想到人的实际情形，不过是些虫蚁挤在一颗小泥丸上互相吞食。这幅真切的图画使他发觉自己的生命和巴比伦的存在都是虚空的，也就把他的苦难一笔勾销了。他的心灵向着无垠的太空飞去，摆脱了肉体，只管对着宇宙之间永恒不变的法则出神。但等到神志清醒，感情回复的时候，他又想到阿斯达丹也许已经为他而死；广大的宇宙立刻消失，他在整个天地中只看见垂死的阿斯达丹和遭难的查第格。

　　他往着埃及边境进发，心里七上八下，一忽儿极其旷达，

九 挨打的女人

一忽儿痛苦难忍。忠心的仆人已经走进埃及境内第一个小村，替他找宿处去了。查第格向村子四周的花园信步走去，忽然看见大路近边有个女子哭哭啼啼，呼天叫地的喊救命。一个狂怒的男人在背后追着，把她追上了。她抱住男人的膝盖，男人把她又打又骂。查第格看了那男人的凶横和女的一再求告，懂得一个是拈酸吃醋，一个是另有所欢。女的长得娇艳动人，还有点像落难的阿斯达丹；查第格把她打量了一番，一边同情她，一边痛恨那埃及人。女的连哭带喊，叫着查第格："救救我啊！别让这野蛮的男人把我打死啊！救命啊！"

　　查第格听了，奔过去把身子挡在她和埃及人之间。他懂得一些埃及文，便用埃及话对他说："她是个女人，又长得这么好看，你要是还有点儿人性，得爱惜她才对，这样一件天生的宝贝扑在你脚下，只会啼哭，不会抵抗。你怎么能这样糟蹋她呢？"那疯狂的男人答道："啊！啊！原来你也喜欢她！那我就跟你算账。"他本来揪着女人的头发，那时却松开手，拿起标枪直刺过来，想一下子戳死外国人。查第格很镇静，毫不费事的躲过了疯子的袭击。他在靠近枪尖的一段上抓住标枪：一个想夺回，一个想抢下，把枪折成两截。埃及人掣出佩剑，查第格也拔剑相迎；两人杀做一团。一个接二连三的猛攻，一

39

身子矫捷的招架。女的坐在草坪上整着发髻,看他们厮杀。埃及人更壮健;查第格更灵巧。他的手是听头脑指挥的;对方却像发疯一般,只凭着一股无名火乱攻乱打。查第格抢上一步,夺下他的武器。埃及人愈加怒不可遏,向查第格直扑过来;查第格趁势抱住,抓着他的身体翻倒在地,拿剑指着他胸口,要他讨饶。埃及人发了火,掏出匕首,正当查第格有心饶他的时候刺伤了查第格。查第格气忿之下,一剑戳进埃及人的胸口;埃及人惨叫一声,挣扎了一会,死了。

于是查第格走到女的面前,声气柔和的说道:"我逼得没有办法,只能把他杀了。我替你报了仇;我从来没见过这样蛮横的人,这一下你可逃出了他手掌。现在,太太,你还要我做些什么呢?"她回答:"坏蛋,我要你死!你杀了我的情人,我恨不得撕破你的心。"查第格道:"太太,你找的情人太古怪了;他拼命打你;因为你向我求救,他还要伤我性命。"女的大叫大嚷,说道:"他要能够再打我,我才高兴呢;那是我活该,是我惹起他的妒性来的。我要他打我,要他活过来,要你死!"查第格听了,觉得自己一辈子都没有这样的惊奇,这样的生气;他说:"太太,虽然你长得好看,可是荒唐透顶,不要说那个男人,连我也要揍你了;但我不愿意费这个劲。"

九 挨打的女人

说完,他跨上骆驼往村子进发。走不了几步,四个巴比伦差役的声音使查第格回过头去。他们骑着马飞奔而来。其中一个见了那女的,嚷着:"准定是她,她跟人家告诉我们的相貌很像。"他们不管地下的尸首,立刻抓着那女的。女的一叠连声的唤查第格:"侠义的外国人。再救救我罢!我刚才错怪了你,请你原谅。救救我罢,我一辈子跟着你好了。"查第格却没有兴致再为她打架,答道:"找别人去罢!我不再上你的当了。"

并且他受着伤,流着血,需要救护。四个巴比伦人大概是摩勃达王派来的,查第格见了也很惊慌。他赶紧向村子走去,猜不透那四个差役为什么要抓这个埃及女人,但他更奇怪的还是那女人的性格。

十　奴　役

　　查第格走进埃及的小村,就被村民围住。他们都嚷着:"他拐走了美人弥苏弗,刚才又谋杀了克莱多斐斯!"查第格回答说:"诸位先生,我要拐走你们的美人弥苏弗才倒楣呢!她太使性了。克莱多斐斯也不是我谋杀的,我不过是保护自己。他要杀我,因为他毒打弥苏弗,而我客客气气的替弥苏弗求情。我是外国人,到埃及来找个栖身的;我正要投奔你们,哪有先拐走一个女人,谋杀一个男人的道理?"

　　那时的埃及人是公正的,讲情理的。他们把查第格带往村公所,先包扎伤口,再把他和仆人分别盘问,调查真相。大家承认查第格不是凶手,但是犯了人命,依法应当罚做奴隶;两匹骆驼给卖了,拨充公款;带的黄金全部没收,分给村民。查第格和他的伙计被陈列在广场上公开标售。一个叫做赛多克的

十 奴役

阿拉伯商人出价最高，买下了；但更能耐苦的仆人卖的价钱比主人贵得多。没有人把他们作比较。因此同是奴隶，查第格还得受他仆人管辖。他们脚上套着链条缚在一起，跟阿拉伯商人回家。查第格一路安慰仆人，劝他耐性，又照例对人生发表许多感想。他说："我走了背运，连累到你。至此为止，所有的事情，后果都奇怪得很。为了看到一只母狗走过，我付了罚金；为了葛里凤，我差点儿受洞腹之刑；因为写了诗歌颂王上，我被送上刑台；因为王后用了黄丝带，我几乎被绞死；这一次因为一个蛮子殴打情妇，我跟你一同做了奴隶。好罢，咱们别灰心；说不定会有出头的日子。做买卖的阿拉伯人非有奴隶不可；既然我跟别人一样是人，为什么不能跟别人一样当奴隶？这商人不会太狠心的；如果他要奴隶好好的当差，就得好好的对待奴隶。"他这么说着，心里却老在挂念巴比伦王后的命运。

过了两天，商人赛多克带着手下的奴隶和骆驼，往荒凉的阿拉伯进发。他的部落住在奥兰勃沙漠附近。路途遥远，又很艰苦。赛多克一路对查第格的当差比对查第格器重得多，因为当差套骆驼的本领比主人强得多；一切小恩小惠都是赏给他的。

离开奥兰勃只差两天路程了，死了一头骆驼；它驮的东西都分派给下人们负担，查第格也分到一份。赛多克看见所有的奴隶弓着背走路，不禁哈哈大笑。查第格不怕唐突，和他解释理由，告诉他平衡的原理。商人听了诧异，对他另眼相看了。查第格看到引起了他的好奇心，越发在这方面下功夫，告诉他许多与他买卖有关的知识；例如体积相同的各种金属与各种货物的比重，几种与人有用的动物的特性，怎样使无用的动物变成有用等等。后来赛多克觉得查第格竟是个大智大慧的人了。他原先很看重查第格的同伴，现在却更加喜欢查第格，待他很好；而赛多克的这番好意也没有落空。

　　回到自己的部落，赛多克向一个希伯来人讨五百两银子的债。借的时候有两个见证，都死了，没法再叫希伯来人认账。他吞没了赛多克的钱，感谢上帝给了他欺骗一个阿拉伯人的机会。查第格已经成为主人的顾问，主人便向他诉苦。查第格问："你在哪儿把五百两银子借给那骗子的？"赛多克回答："在奥兰勃山近边的一块大石头上。"——"你的债务人是怎么样的性格？"——"还不是骗子那种性格！"赛多克回答。——"我问他的脾气是急躁的还是冷静的，谨慎的还是冒失的？"——赛多克道："在所有赖债的人里头，他是最急躁不过的。"查第格便要求道："好吧，让我代你去向法官申诉。"他果然想法把希伯来人传到庭上，然后向法官说："当今圣主临朝，全

十 奴役

靠大人代行公道。这个人欠我主人五百两银子，不肯归还，我代表主人追讨。"法官问："可有证人没有？"——"证人都死了；不过当时借款是在一块大石头上点交的；只要大人下个命令，叫人把石头搬来，我想上面一定有凭据。我和希伯来人都留在这儿，等石头搬来，搬运费可以归我主人负担。"——"好罢，"法官说着，先去审理别的官司了。

官司都审完了，法官问查第格："怎么！你的石头还没有搬来？"希伯来人笑道："大人等到明天，石头还不会来呢；它离开这儿有几十里地，要十五个人才能搬动。"查第格叫道："对啦，我早告诉大人，石头会作证的；他既然知道石头在什么地方，就是承认借款是在石头上点交的。"希伯来人听着慌了，一会儿只得全盘招认。法官判令把希伯来人缚在石头上，不给饮食，直到他把五百两银子偿还为止。他就很快的把欠款还清了。

奴隶查第格和大石头的故事，在阿拉伯名闻遐迩，大受重视。

十一 殉 夫

赛多克喜出望外，把查第格当做了知己。他和以前巴比伦王一样少不了查第格，查第格也因为赛多克没有娶老婆，觉得很高兴。他发现主人本性善良，非常正直，极明事理；只可惜他崇拜天神天将，就是说按照古代阿拉伯风俗，崇拜太阳，月亮和明星。查第格很婉转的和他谈过几次。最后告诉他，那些物体和别的物体并无分别，不比树木岩石更值得尊敬。赛多克道："它们是永恒的生命，我们享受的好处全是它们的恩赐；它们化育万物，调节四时；并且和我们离得这么远，不由我们不尊敬。"查第格答道："红海的水把你的货物运往印度，给你的好处更多；难道红海就不像明星一样古老吗？如果你崇拜距离遥远的东西，就该崇拜地球边上的孟加拉的土地。"赛多克道："话不是这么说的；明星的光太灿烂了，使我不能不崇

十一 殉夫

拜。"当天晚上,查第格在平时和赛多克一同吃饭的帐幕里,点起大量的火把;主人一到,查第格便跪在蜡烛前面祷告:"永恒而灿烂的光明啊,求你永远保佑我。"说完,他坐下吃饭,对赛多克瞧都不瞧一眼。赛多克很诧异,问道:"你这是干什么?"查第格答道:"我跟你一样,我崇拜这些蜡烛,不把蜡烛的主人和我的主人放在心上。"赛多克体会到这个寓言的深意。他的奴隶的智慧渗透了他的心,他不再崇拜一般的物体而崇拜永恒的造物主了。

那时阿拉伯有个惨无人道的风俗,源出大月氏,由于婆罗门僧的影响,在印度已经根深蒂固,大有蔓延全部东方国家的危险。一个已婚的男人死后,他的爱妻倘要成为圣女,就得当众抱着丈夫的遗体一同烧死。这是一个庄严的典礼,叫做节妇殉夫。殉夫的寡妇最多的部落最受尊敬。赛多克的部落中有个阿拉伯人死了,他的寡妇阿莫娜是个虔诚的信女,宣布当于某日某时在鼓声与喇叭声中投火。查第格向赛多克解释,这个残酷的风俗与人类的利益完全不合;年轻的孤孀还能为国家生儿育女,至少也能抚养原有的孩子,不该让她们投火自焚。他劝告赛多克,要是可能,应当消灭这风俗。赛多克道:"妇女投火的习惯已经有一千多年。经过时间钦定的老规矩,谁敢变更?还有什么东西比古老的陋俗更不可侵犯的?"查第格答道:"要讲古老,理性更古老。你去和部落的首领说话;让我去见那个年轻的孤孀。"

他叫人带往寡妇家;先称赞她的美丽,博取她的欢心;再告诉她把这些迷人的风韵付之一炬是多么可惜;然后赞美她的贞节和勇气。他说:"想来你是极爱你的丈夫了?"那阿拉伯女子回答:"才不爱呢。他是个又粗暴,又嫉妒,叫人受不了的汉子;可是我拿定主意要跟他一同火葬。"查第格道:"那末一个人活活烧死,想必是有说不出的乐趣了。"那太太说:"啊!我一想到就灵魂出窍;但是非如此不可。我是信女,不殉葬就要名誉扫地,受众人耻笑。"查第格和她解释,她的殉葬是为了别人,为了虚名。接着又和她谈了半天,使她不但对人生有所留恋,甚至对和她谈话的人也有了好感。查第格问她:"要是你肯放弃殉葬的虚名,打算怎么办呢?"那太太回答:"唉!我想会要求你跟我结婚的。"

查第格一心一意只想着阿斯达丹,把话支开去了。但他立刻去见部落的首领,告诉他经过情形,劝他们定下规矩,寡妇先得跟一个青年男子单独谈过一小时话,才准她殉葬。从此以后,阿拉伯就没有一个投火的妇女。这个残酷的风俗流行了

十一 殉夫

千百年，靠查第格一人之力，一日之间就取消了。可见他是阿拉伯的恩人。

十二　晚　餐

赛多克觉得查第格浑身都是智慧，再也少他不得，带着他去赶罢左拉的庙会；那是个大集，世界各地的富商大贾无有不到的。查第格看见这么多地域不同的人会齐在一处，非常快慰，觉得世界是个大家庭，在罢左拉团聚。第二天，他就在饭桌上遇到一个埃及人，一个孟加拉地方的印度人，一个汉人，一个希腊人，一个克尔特人，还有几个别的外国人，都是常到阿拉伯海湾来做客，懂阿拉伯文，能彼此通话的。埃及人好像火气十足，说道："罢左拉这地方太可恶了！我带着天下最贵重的宝贝，讨价一千两金子都没人要。"赛多克问："怎么的？是什么宝贝，人家不肯出这个价呢？"埃及人回答："是我姑母的遗体。她生前是全埃及最好的女人，一向和我在一起；这回死在路上，我把她做成一具最讲究的木乃伊；在我们国内拿它

十二　晚餐

做抵押品，要什么就什么。真怪，这儿的人看到这样可靠的货色，连一千两金子都不愿意给。"他一边气恼，一边正要动手吃一只白煮肥鸡；印度人却抓着他的手，痛苦万分的嚷道："啊！你这是干什么呢？"那个带着木乃伊的人回答："吃鸡啊。"孟加拉人道："使不得，使不得。说不定亡人的灵魂转生在这只母鸡身上，你总不愿意冒险吃你的姑母吧？何况吃鸡明明是不敬天地。"容易动火的埃及人说："什么吃鸡不敬天地，这话是什么意思？我们崇拜牛，我们照样吃。"印度人道："崇拜牛？怎么可能呢？"埃及人答道："太可能了。这习惯，我们已经有了十三万五千年，谁也没说过一句话。"印度人道："啊！十三万五千年！这数目未免夸张了些。八万年以前，印度地方才开始住人，可是我们确实比你们古老。婆罗门神禁止我们吃牛的时节，你们还没想到把牛放到祭坛上跟肉叉上去呢。"埃及人道："比起我们的阿比斯[①]神，你们的婆罗门简直是可笑的混蛋！他做过什么了不起的事？"婆罗门教徒回答："婆罗门教人识字，教人写字；全世界的人会下棋，也是出于他的传授。"坐在旁边的一个加尔提人插嘴道："你错了；这

[①] 阿比斯为古代埃及人崇拜的圣牛。

些功德都是圣鱼奥奈斯赏赐我们的，敬它才是正理。谁都会告诉你，这位神道长的好漂亮的人头，后面有条金色的尾巴；每天出水三小时向人间布道。它有好几个孩子，大家都知道是国王。我家里供着它的像，向它虔诚顶礼。牛尽吃不妨；吃鱼可是大不敬；并且你们两人出身太低，辈分太晚，没资格跟我争辩。埃及人的历史只有十三万五千年，印度人也只夸口说八万年；我们却有四十万年的历本。相信我的话罢，放弃你们的邪教，我可以送你们美丽的奥奈斯神像，每人一幅。"

汉人开言道："我十二分敬重埃及人，加尔提人，希腊人，克尔特人，婆罗门神，圣牛阿比斯，美丽的奥奈斯鱼；但也许理或者像有些人所谓的天，跟牛和鱼一样有价值。我对本国一字不提；它的土地有埃及，加尔提和印度合起来那么大。我不争论立国的古老；人只要快乐，古老没有什么相干。但要提到历本的话，整个亚洲都是用我们的，而且加尔提人还不会做算术的时候，我们已经有了完美的历法。"

希腊人叫道："你们这批人太没知识了。难道你们不知道混沌为万有之母，不知道这个世界是形与物造成的吗？"他说了半天，被克尔特人打断话头。克尔特人在大家争辩的时候喝了很多酒，便自以为比谁都博学。他连咒带骂的说，值得谈论

十二 晚餐

的只有条太斯和橡树上的寄生树①。这寄生树，他是随身带着的。从古以来，世界上只有他的祖先大月氏人是好人；固然他们吃过人，但不能因此而不尊敬他们的民族。谁要毁谤条太斯，非受他一顿教训不可。说到这儿，大家争论激烈；赛多克眼看饭桌变成战场了。自始至终不出一声的查第格，终究站起来，先向火气最盛的克尔特人开口，说他理由充足，向他要了寄生树；然后把希腊人的辞令恭维了一阵，又平了众人的怒气。查第格对汉人只说寥寥几句，因为他是全场最讲理的一个。接着他对大家说道："诸位朋友，你们差点儿白吵一场；你们的意见原是一致的。"听到这句，他们一齐嚷起来。查第格对克尔特人道："你崇拜的并非寄生树，而是寄生树和橡树的创造者，可不是？"克尔特人回答："当然罗。"——"至于你，埃及先生，大概你是借了某一种牛，敬一个给你们生许多牛的主宰吧？"——"是的，"埃及人回答。查第格又道："比圣鱼奥奈斯更尊贵的是创造鱼和水的主宰。"加尔提人道："我同意

---

① 条太斯为一切高卢人信奉的最高的神道。橡树上的寄生树，名叫"琪"，为高卢人的圣树。赛尔特为印度－欧罗巴族之一支，史前即有大规模的移民运动；后遍及中欧，高卢，西班牙，及不列颠岛屿；终被罗马人同化。

这话。"查第格往下又说:"印度人和汉人,跟你们一样承认有个万物的本原;希腊人的高论,我听不大懂,但我断定他也敬重一个造出形与物的,最高的主宰。"大家钦佩的希腊人说查第格完全了解他的思想。查第格便接口道:"可见你们的意见都一样,没有什么可争执的。"在场的人都拥抱查第格。赛多克的货卖了很高的价钱,带着朋友查第格回部落去了。查第格一到,知道他出门的时期被人告了一状,要用文火把他烧死。

十三 约 会

查第格去罢左拉旅行的时期，供奉星辰的祭司们决定要惩罚他。向例，祭司们把青年孤孀送去殉葬以后，遗下的珠宝首饰都归他们所有。查第格跟他们捣乱，罚他受火刑还是最客气的呢。他们控告查第格对天神天将不怀好意；他们出面作证，赌神发咒的说听他讲过，星辰早上不是落到海里去的。这种大逆不道的言论，把法官们气得浑身发抖，差点儿把衣服都撕破；倘若查第格有钱赔偿，他们早就撕破了。但他们极度悲愤之下，仅仅判决把查第格用文火烧死。赛多克又惊又急，到处买面子，托人营救，可是没用；后来连他自己也不敢开口了。那时，年轻的寡妇阿莫娜觉得活着很有意思，对查第格感激不尽；她听了他的解释，已经明白烧死活人的害处，便拿定主意不让查第格受火刑。阿莫娜只在心中盘算，不露一点风声。查第格第二天就要处决,阿莫娜只有当夜营救。这慈悲而细心的女人便想了这样的办法。

她搽了香水,装扮得极其风流极其华丽,愈加衬托出她的美,跑去见那供奉星辰的大祭司,要求密谈。到了那位年高德劭的长老前面,她道:"大熊星的长子,金牛星的兄弟,天狼星的堂弟(这都是大祭司的尊号),我要告诉你我心中的顾虑。我没有和亲爱的丈夫一同火葬,恐怕是犯了滔天大罪。真的,我有什么东西值得保存呢?不过是一堆早晚要腐烂,而现在已经凋残的肉。"她撩起丝衫的长袖,露出雪白耀眼,非常好看的手臂。她说:"你瞧,这还有什么可留恋的?"大祭司心中觉得大可留恋;他先用眼睛表示,又用嘴巴证实,赌咒说他一辈子也没见过这样美的胳膊。寡妇叹道:"也许手臂不像别的部分那么丑;但你不能不承认,我的胸部的确不值得爱惜。"于是她露出一对天下无双的乳房。跟它相比,便是象牙球上放一颗蔷薇花苞,也只等于黄杨木上插一根茜草;而刚洗过澡的羔羊也好像是黄里带黑的了。除了这酥胸以外,她的脉脉含情的大黑眼睛射出温柔的火焰;鲜艳的绯色和纯洁的乳白色在她脸上交相辉映;鼻子决不像里庞山上的高塔;嘴唇好比两行珊瑚礁,藏着阿拉伯海中最美的珍珠。老祭司看着,觉得自己返

十三　约会

老还童，只有二十岁了。他结结巴巴说了几句痴情的话。阿莫娜看他动了火，趁此替查第格求情。他说："唉！美丽的太太，即使我答应饶他也无济于事；赦免状还得我另外三个同事签字。"阿莫娜道："不管，你签了再说。"祭司道："我很愿意，只要你肯行个方便，作为我通融的代价。"阿莫娜道："这是承蒙抬举了；请你等太阳下山，明亮的希德星在天边出现的时候上我家去；我准定在一张粉红色的沙发上恭候，像奴婢一样的听你摆布。"她带着签过字的赦免状走了；丢下那老人在那里神魂颠倒，唯恐精力不济。直到晚上，他都忙着洗澡，喝一种用锡兰的桂皮，跟提多累和德拿特两处最名贵的香料合成的酒，好不心焦的等希德星出现。

美丽的阿莫娜跑去见第二位祭司。这祭司向她保证，说太阳、月亮、明星和天上所有的光辉，跟她迷人的风韵相比，不过是些磷火罢了。阿莫娜替查第格求情，对方要她付代价。阿莫娜应允了，约他在阿日尼勃星升起的时候相会。从第二位祭司家出来，她又去见第三第四位祭司，要他们签字，挨着一颗颗星定了约会。然后她叫人通知法官，说有要事请他们到她家里去。他们来了；阿莫娜拿出四个人的签字，说出祭司们为了赦免查第格所勒索的代价。一个一个祭司都来准时赴约，一个一个祭司都很惊奇,不但遇到了同事,还有法官在场,不禁满面羞惭。查第格得救了。赛多克对阿莫娜的智巧钦佩不置,娶了她做老婆。查第格扑在救命的美人脚下谢了恩,动身往别处去。赛多克和他两人临别哭了一场,发誓结为生死之交,相约谁要发了大财,一定和朋友共享。

  查第格往叙利亚方面走去,始终挂念遭难的阿斯达丹,也始终想着那老是捉弄他、磨难他的命运。他说:"怎么!看见一只母狗走过,就得出四百两金子!写了四行打油诗歌颂国王,就得砍头!因为王后的拖鞋和我的便帽颜色相同,就得绞死!救了一个挨打的妇女,就得当奴隶;又因为救了阿拉伯所有青年孤孀的性命,差点儿被活活烧死!"

十四　强　盗

　　将近贝德累－阿拉伯①和叙利亚接境的边界上，查第格走过一座相当坚固的宫堡；里面走出一群阿拉伯人把他团团围住，喝道："你的财物都是我们的，你的人是我们主人的。"查第格一言不答，拔出剑来；他的仆人也有胆量，跟着拔剑。为首的几个阿拉伯人冲上来，被他们刺死了；围攻的人越来越多；他们俩毫不惊慌，决意周旋到底。两人抵抗一大群人，这样的战斗当然不能持久。宫堡的主人叫做阿蒲迦，从一扇窗里看见查第格勇猛非凡，动了敬爱之心。他急忙赶来，拨开手下的人，救出两位旅客。他说："打我地面上过的都是我的，我在别人土地上碰到的也是我的。但看你是个好汉，我为你破一

---

① 贝德累－阿拉伯是阿拉伯半岛上一大片多石而荒瘠的高原。

次例。"他叫查第格进入宫堡，吩咐从人好好款待。晚上，阿蒲迦请查第格一同吃饭。

宫堡里的王爷是那种所谓绿林大盗的阿拉伯人；但他在许多坏事中间也偶尔做些好事；他狠命的抢劫，大量的施舍；行事不顾一切，待人倒还温和；大吃大喝的时候，心情十分快活，尤其是爽直无比。他对查第格颇有好感，查第格谈锋越来越健，一顿饭直吃了半天。最后阿蒲迦说道："我劝你在这儿入伙罢；包你找不到更好的出路；这行业不坏，将来你也能跟我一样。"查第格道："请问你这高尚的行业干了多久啦？"王爷回答："我年纪轻轻就干了。我先在一个精明的阿拉伯人手下做跟班，苦不堪言。眼看人人有份的地面上，命运就没给我留下一份，我灰心透了。我把心中的苦恼告诉一个阿拉伯老头；他说：'孩子，别灰心。从前有一颗沙子，自叹不过是沙漠之中一个无声无臭的原子；过了几年，这沙子变成钻石，现在做了印度王冠上最美的装饰品。'这话打动了我的心；我本来是沙子，可是决心要变做钻石了。我先抢了两匹马，再纠合一些伙伴，装配起来，居然有了拦劫小队客商的实力。这样，我与众人之间财富的距离就逐渐消灭。世界上的财宝，我也有份了，不但得了补偿，还加上厚利；大家对我很敬重；我做了

十四 强盗

打家劫舍的大王,强占了这座宫堡。叙利亚总督想从我手里夺去;但我已经财源充足,不用害怕;我送了总督一笔钱,把宫堡留下了,又扩充了地盘。总督还派我替王上掌管贝德累-阿拉伯地区的赋税。我尽了收税的责任,可不管缴税的义务。

"巴比伦的大都督以摩勒达王的名义,派一个小官儿来想把我绞死。那家伙带着命令来了;我早已得到消息;先当他的面把他带来的四个帮手勒死;然后问他绞死了我,他能到手多少钱。他说大概有三百金洋。我叫他明白跟着我好处更多。我收他做了副头领,如今是我手下最得力的一个头目,也是最有钱的一个。你要相信我的话,可以跟他一样得意。自从摩勒达王被杀,巴比伦大乱之后,打劫的时机再好没有了。"

查第格道:"摩勒达王被杀了!王后阿斯达丹又怎么啦?"阿蒲迦回答:"不知道。我只晓得摩勒达王发了疯,被人杀了,巴比伦秩序大乱,全国各地都遭了破坏。我已经捞进不少,好买卖还有的是。"查第格道:"可是王后呢?难道你一点不知道她的下落吗?"他回答:"有人提到一个叫做伊尔加尼的诸侯;王后不在大乱中送命,便是被伊尔加尼掳去做了妃子。不过我关心的是财物,不是新闻。我几次出马,也掳了些妇女,可是一个不留,有些姿色的都卖了好价,从来不追究她们姓甚名谁。买主不买出身；哪怕是王后，长得难看也没人要。说不定阿斯达丹王后是我手里卖出去的，也说不定早已死了。我不管这些，我看你也犯不上比我多操心。"阿蒲迦这么说着，喝酒喝得那么勇猛，终于思路不清，查第格什么话都问不出来了。

他垂头丧气，失魂落魄，呆着不动了。阿蒲迦一边喝酒，一边胡说八道，口口声声自称为天下最有福的人，还劝查第格想法跟他一样快活。末了他迷迷糊糊的有了醉意，上床做他的好梦去了。查第格心惊肉跳，打熬了一夜。他说："怎么！国王发了疯？被人杀死了？我还不免可怜他呢。国家大乱，这强盗倒逍遥快活。命运啊命运！强盗得福，天生的最可爱的人偏偏遭了惨死，或者活着而比死还难受。噢，阿斯达丹！你究竟怎么啦？"

天一亮，查第格在宫堡里逢人便问；但大家都忙着，谁也不理他；半夜里又抢到一批财物，正在分赃，乱哄哄的闹成一片。他们只答应他一件事，就是准他上路。他趁此机会，连忙动身；但是许多痛苦的感想使他更加丧气了。

查第格走在路上又急又慌，脑子里想的无非是遭难的阿斯达丹，巴比伦的国王，朋友加陶，快活的强盗阿蒲迦，被巴比

十四 强盗

伦差官在埃及边境抓去的使性女人，还有他自己身受的种种不幸和阴错阳差的倒楣事儿。

十五　渔夫

离开阿蒲迦的宫堡一二十里，查第格走到一条小河边上，老是怨命，自认为受尽苦难的典型。他看见一个渔夫躺在河滨，眼睛望着天，有气无力的拉着一个网，好像扔在那里不管似的。

渔夫说："我真是天底下最苦的人了。大家公认我是巴比伦最出名的乳酪商，现在可倾家荡产了。我的老婆是我这等人所能娶到的最好看的女人，可是她把我欺骗了。我剩下一所破房子，却眼看它抢得精光，毁掉了。我躲在茅棚里，只能靠打鱼为生，可是一条鱼都捉不到。鱼网啊鱼网！我不叫你下水了，还是我自己投河罢。"说着他站起身子向前，好像要投水自尽的样子。

查第格心上想："怎么！还有人跟我一样倒楣！"感慨之下，立刻有了救人的念头。他奔上去拦着渔夫，用同情和安慰

十五 渔夫

的神气盘问。据说一个人只要不是单独受难,痛苦就会减轻。查拉图斯脱拉认为这倒不是由于幸灾乐祸,而是由于需要。你会把不幸的人当做同胞一般亲近。幸运儿的快乐对你近于侮辱;但两个可怜虫好比两株嫩弱的小树靠在一起,互相倚傍着抵抗大雷雨。

查第格问渔夫:"你为什么向苦难屈服呢?"渔夫回答:"因为我无路可走了。在巴比仑郊外的但尔巴克镇上,我原是数一数二的人物。老婆帮我做的干乳酪可以说全国第一;阿斯达丹王后和有名的宰相查第格,都喜欢吃。我供给了他们六百块。有一天我进城收账,到了巴比伦,知道王后和查第格都失踪了。我从来没见过查第格大人,我赶到他府上,碰见大都督的一般弓箭手,带着王上的诏书,正在那里忠心耿耿的,有条有理的抢劫。我奔到王后的御厨房;有几位掌膳大臣说王后死了;另有几位说她关在牢里;还有说她逃走的;但他们一致担保,谁也不会付我的乳酪账。我带着我女人到另一位主顾奥刚大爷府上,求他可怜我们走了背运,请他照顾;他照顾了我女的,可不照顾我。乳酪原是我的祸根,但我女人比她做的乳酪还白,白里泛出来的红光,便是泰尔城出的朱砂也未必能胜过。就为这缘故,奥刚把她留下,把我逐出大门。我痛不欲生,给我亲爱的妻子写了一封信。她对送信的人说:'啊,是的,我知道这写信的人,人家跟我提过:听说他做的一手好乳酪,叫他给送点来,钱照给就是了。'

"我倒了楣,想告状。身边只剩六两金子:替我出主意的讼师要我二两,经办案子的检察官要二两,首席法官的书记要二两。这些费用交清了,案子还没开审;我花的钱已经超过我的乳酪和老婆的价值。我回到村里,打算卖掉屋子,要回老婆。

"屋子明明值六十两金子,但人家知道我穷,又急于脱手。我找的第一个买主出价三十两,第二个二十两,第三个十两。我没了主意,正想成交;不料伊尔加尼的诸侯来攻打巴比伦,过一处抢一处,把我的屋子先抢光了,又放火烧了。

"我丢了钱,丢了老婆,丢了屋子,躲到这地方来想靠打鱼过活;谁知道鱼跟人一样跟我开玩笑。我一条都捉不到,饿得要命;不是遇到你大恩人,我早死在河里了。"

渔夫这番话不是一口气说的;因为查第格激动非凡,不时打断他的话,紧盯着问:"怎么!你完全不知道王后的下落吗?"渔夫回答:"不知道,大人;我只晓得王后和查第格不付我的乳酪账,我只晓得人家抢走我的老婆,只晓得我走投无路。"查第格道:"我希望你的钱不至于全部落空,听说查第

十五　渔　夫

格是个君子；他想回巴比伦，要是能回去，除了还你的旧账，还会给你更多的钱。可是你的女人并不怎样老实，还是不要讨回了罢。听我的话，上巴比伦去；我比你先到，因为我骑马，你走路。你去见那位赫赫有名的加陶，告诉他说你遇到了他的朋友；你在他家里等我。好罢，也许你会有苦尽甘来的日子。"

接着他又道："噢，法力无边的奥洛斯玛特大神，你利用我来安慰这个人，你又派谁来安慰我呢？"查第格说着，把从阿拉伯带来的钱分了一半给渔夫；渔夫又惊又喜，吻着加陶的朋友的脚，说道："啊，你真是我的救命星君！"

查第格老是向渔夫打听消息，流着眼泪。渔夫叫道："怎么！大人，难道你这个大善士也有痛苦吗？"查第格回答："比你还痛苦百倍。"——"一个施舍的人怎么会比一个受恩的人更可怜呢？"——查第格答道："因为你最大的痛苦是在于生活，我的不幸在于感情。"渔夫问："是不是奥刚抢走了你的太太？"这句话使查第格想起所有的遭遇，说出他一桩桩的祸事，从王后的母狗起，到遇见强盗阿蒲迦为止。他对渔夫说："奥刚应该受罚。但命运偏疼的往往就是这等人。不管怎样，你去见加陶大人，在他家等我罢。"两人就此分手：渔夫一边走一边感谢命运，查第格一边走一边怨恨命运。

十六　四脚蛇

他走到一片美丽的草原上，看见好些妇女专心一意的在那里找什么东西。他大胆走近去，问一个女的可不可以让他帮着找。那叙利亚女人答道："不行；我们找的东西是男人碰不得的。"查第格说："怪了；能不能请你告诉我，男人碰不得的是什么东西？"她说："是四脚蛇。"——"是四脚蛇吗，太太？请问为什么要找四脚蛇？"——"为了我们的主子奥瞿大人；你不看见草原尽头，河边上有座宫堡吗？那就是他的府上。我们是他手下低微的奴隶。奥瞿大人病了，医生要他吃一条用玫瑰香水煎的四脚蛇。四脚蛇很少见，并且只有女人能捉到；所以奥瞿大人出了赏格，我们之中谁要捉到一条四脚蛇，他就娶做夫人。请你别打搅我；因为你瞧，要是我的同伴占了先着，我的损失就大了！"

十六　四脚蛇

查第格丢下这叙利亚女人，让她和别的妇女找她们的四脚蛇；他继续在草原上走去。到一条小溪旁边，看见另外有个太太躺在草地上，根本不找四脚蛇。她长得气宇不凡，但是戴着面网。她对着小溪弯着腰，长吁短叹，手里拿着一根小棒，在草原和小溪之间的细沙上划来划去。查第格为了好奇，想看看她写些什么；他走近去，先看到一个Z字，又是一个A字，大为惊奇；接着又看到一个D字，查第格不由得打了个寒噤。等到他姓名的末了两个字母出现，他的诧异真是从来未有的了。他先呆了一会；然后声音断断续续的问道："噢，慈悲的太太，请你原谅一个落难的异乡人问句话：怎么有这等怪事，你的美丽的手会写出查第格这个姓氏？"一听这声音，一听这几句，那太太手指颤巍巍的撩起面网，瞧着查第格，又感动、又惊奇、又快乐的叫了一声：种种感触一时涌上心头，她支持不住，倒在查第格怀里昏迷了。原来她就是阿斯达丹，就是巴比伦的王后，就是查第格责备自己不该爱的爱人，就是查第格为之痛哭，为她的遭遇担惊受怕的人。查第格也失去了知觉；一会儿醒过来，只见阿斯达丹有气无力的睁开眼睛，又是羞怯又是怜爱。查第格叫道："噢！各位不朽的神明！弱小的人类，命运都操在你们手里。你们居然把阿斯达丹还给我了吗？

想不到在这个时间,这个地方,这个情形之下和她相会!"他跪在阿斯达丹面前,把头碰着尘土。王后扶他起来,教他在小溪旁边挨着她坐下。她把眼睛抹了又抹,只是流不完的眼泪。她几次三番开口,几次三番被呜咽声打断。她问查第格他们怎么会相遇的;查第格来不及回答,她又问别的事了。她才开头诉说自己的苦难,忽然又想知道查第格的苦难。等到两人激动的心情平静了些,查第格方始三言两语,说出他走到这片草原上的缘由。"可是,不幸的可敬的王后!您怎么会待在这个偏僻的地方,穿着奴隶的服式,跟那些听着医生嘱咐,找四脚蛇的女奴做伴的呢?"

美丽的阿斯达丹说道:"趁她们找四脚蛇的时候,让我把所受的罪和所有的遭遇统统告诉你。我直到与你相会之后,才原谅上天给我吃了那些苦。你知道王上看到你是天下最可爱的男人,大不乐意;为了这缘故,有天夜里他决计把你绞死,把我毒死。你也知道,靠天照应,我那个小哑巴把国王的命令通知了我。忠心的加陶逼你听我的话逃走以后,立即从暗门中进入宫内,把我带走,送往奥洛斯玛特神庙。加陶的哥哥是庙里的祭司,把我藏在一尊魁梧的神像里头,神像的头碰到庙顶,下面直到庙基。我待在那儿像活埋一样,但有祭司服侍,生活

十六　四脚蛇

所需，一应俱全。第二天清早，太医拿着四种毒药和鸦片合成的药酒，进我的寝宫；另外一个官员拿了蓝帛上你家去；都扑了空。加陶为了骗王上，假装去告发我们，说你取道上印度，说我逃往孟斐斯。王上就派武弁去追。

"缉捕我的差役不认得我。我一向只对你一个人露面，还是在御前，奉了王上的命。所以他们只能凭着口述的相貌来追我。到了埃及边境，他们瞧见有个女人和我身材相仿，也许比我更有风韵，在路上哭哭啼啼的徘徊。他们断定她就是巴比伦的王后，带她去见摩勃达。摩勃达发现他们认错了人，先是大发雷霆；但过了一会儿，把那女的细看之下，觉得她长得很美，也就平了气。她名叫弥苏弗。我后来听说，这名字在埃及文中的意思是使性的美人。果然，她名不虚传；但她笼络男人的本领不亚于她的使性。她得了摩勃达的欢心，把他收拾得服服帖帖，居然做了他的妻子。从此她本性毕露，毫无顾忌的逞着荒唐的念头胡作非为。大司祭年纪大了，又害着痛风症，弥苏弗强迫他表演跳舞；大司祭不肯，她便百般虐待。她又要大司马做一种包馅子的点心。大司马说他不是点心司务，可是没用，非做不可；他丢了官，因为把点心烤焦了。弥苏弗叫侍候她的一个矮子当了大司马，派一个侍从当了枢密大臣。她就是如此这般的治理巴比伦的。百姓都在追念我。国王在没有想到把我毒死，把你绞死之前，还算为人正直；一朝宠幸了使性的美人，爱情把他的德性湮没了。圣火节那天，他到庙里来。我看见他跪在我躲藏的神像前面为弥苏弗祈福。我提高着嗓子，向他叫道：你想谋害一个安分守己的女子，娶上一个无法无天的泼妇；你已经变成暴君，神明不会再接受你的祈祷了。摩勃达听了好生惭愧，心都乱了。从我嘴里出来的神示和弥苏弗的专横，吓得摩勃达神魂颠倒，不多几天就发了疯。

"国王的发疯成为全国叛乱的讯号，因为百姓都觉得他是受了上天的惩罚。大家抢着武器，纷纷造反。养尊处优，承平日久的巴比伦，一变而为互相残杀，惨不堪言的战场。我被人从神像底下拉出来，做了一个党派的领袖。加陶赶往孟斐斯，找你回巴比伦。伊尔加尼的诸侯听到这些坏消息，又带着军队到加尔提来成立第三个党派。他攻打国王；国王带着荒唐的埃及女人迎战，死于乱枪之下；弥苏弗落在敌人手里。我不幸也被伊尔加尼的党羽掳去，恰好跟弥苏弗同时带去见那位诸侯。他说我比埃及女人更漂亮；你听了这话一定很得意，可是你马上要生气的，因为他把我派入后宫。他很坚决的和我说，等他就要发动的一仗打完之后，就来找我。你想我那时多么痛苦。

十六 四脚蛇

我跟摩勃达已经毫无关系，满可以和查第格结合了，谁知又给这蛮子套上锁链。我凭着我的身份和志气，尽量拿出我的高傲来跟他顶撞。我一向听说，像我这等人物自有一种天生的威严，一开口，一瞪眼，就能叫胆大妄为的人俯首帖耳。当时我用王后的口气说话，不料人家把我当做侍女看待。伊尔加尼诸侯连话都不屑和我说，只告诉他的黑人太监，说我狂妄无礼，但长得还好看。他吩咐黑太监好生照料，起居饮食和别的宠姬一样，为的是要把我调养得皮肤娇嫩，等他有便枉顾的时候，不至于辱没他的恩泽。我说要自杀；他笑着回答说不会的，这一套玩艺儿，他早已见惯。他走开的时候得意扬扬，好像把一只鹦鹉关进了笼子。你看，一个天下第一位的王后，而且一心向着查第格的人，竟然落到这步田地！"

听了这两句，查第格跪在阿斯达丹前面，在她膝上洒满眼泪。阿斯达丹不胜怜爱的把他扶起，接着说："我眼看跳不出蛮子的掌心，还有一个妖精般的女人和我关在一起，把我当做情敌。她和我讲她在埃及的事。她所描写的你的相貌，事情发生的时期，你骑的单峰骆驼，还有其他的情形，都使我断定为她打架的人就是查第格。我认为你一定在孟斐斯，便决计逃往那儿。我对她说：'美丽的弥苏弗，你比我风趣得多，更能替

查第格

伊尔加尼消愁解闷。你还是帮我逃走,那就是你一个人的天下了;你摆脱了情敌,又促成了我的幸福'。弥苏弗果然帮我设计划策。我便带着一个埃及女奴,私下溜了。

"我快到阿拉伯了,忽然被一个出名的强盗,叫做阿蒲迦的掠去,卖给一批商人;他们又送我进这座奥瞿大人住的宫堡。他买我下来,并不知道我是谁。这家伙生性好吃,一味讲究珍馐美馔,以为上帝生他下来就是为的吃喝。他胖得不可收拾,往往喘不过气来。消化正常的时候,他从来不听医生的话;一朝吃坏了,就任凭医生摆布。这回他信了医生的话,以为吞一条用玫瑰香水煎的四脚蛇,就能治病。因此奥瞿大人许下愿心,女奴之中谁要捉到一条四脚蛇,就能做他的夫人。你瞧,我不是让她们去立功吗?而且自从上天保佑,和你相遇之后,我更没意思去找那四脚蛇了。"

长期压制的心意,两人的苦难和深情,在高尚热烈的心中自然引起许多感触;阿斯达丹和查第格把这些感触诉说完了,又被执掌爱情的天神把他们的话传到维纳斯[①]耳里。

那些妇女一无所获,回到奥瞿的宫堡。查第格上门求见,

---

① 罗马神话以维纳斯为执掌爱情之神。

十六　四脚蛇

对奥瞿说道:"但愿上天降福,保佑您终身安泰!我是医生,听说贵体违和,特意拿着一条用玫瑰香水煎好的四脚蛇赶来。我并不想嫁给您,只求您释放一个巴比伦的青年女奴,她到府上才不过几天。倘若我不能治好你大人的贵恙,我情愿代她在府上当奴隶。"

这个提议被接受了。阿斯达丹带着查第格的仆人动身往巴比仑,答应随时派人送信,报告那边的情形。他们俩的告别和相会一样多情。正如《藏特经》上说的,离别和聚首是人生两个最重大的时间。查第格爱王后的心,和他的海誓山盟一样深;王后爱查第格的心,比她嘴里说的还要热。

然后查第格对奥瞿说道:"大人,我的四脚蛇不是给人吞服的,它的药性必须由您的毛孔吸收;我把它装在一只吹饱了气的口袋里,口袋外面包着一层细腻的皮。您得使尽气力推这个袋,我再把袋扔还给您,这样一来一往要做好几遍;几天之后,您就可看出我的医道如何。"

第一天,奥瞿弄得上气不接下气,累死了。第二天,他疲劳略减,睡得好一些。不到八天,他的精力,健康,轻快的心情,一齐恢复,和年富力强的时代一样。查第格和他说:"这是因为您抛了皮球,饮食有了节制。奉告大人:天底下并没有什么四脚蛇①；只要经常运动，饮食有度，就能长保康宁。要求滥吃滥喝和身体强壮两全的办法，正和点铁成金的丹方，占星术与祭司们的神学同样的虚妄。"

奥瞿手下的大医官觉得查第格对医学界是个很大的威胁，便跟药剂师联合一致，预备打发查第格到他世界去找四脚蛇。老是行善得祸的查第格，为了治好一个贪嘴的贵人，又要性命不保了。他们办了一桌精美的酒席请他，预定在第二道菜上把他毒死；但吃到第一道，来了阿斯达丹的信差。查第格离开饭桌，动身了。伟大的查拉图斯脱拉说过："一个人有了美女垂青，往往能逢凶化吉。"

---

① 这里所谓四脚蛇，是传说中近乎四脚蛇的一种怪兽。

十七　比武

　　像美丽而落难的后妃一样，阿斯达丹王后回到巴比伦大受欢迎。城中已经比较安定。伊尔加尼的诸侯在某次战役中阵亡了，巴比仑人得胜之余，宣称要挑选一位国君与阿斯达丹结为夫妇。巴比伦的国王兼阿斯达丹的夫君这个天下第一的名位，谁都不愿意让阴谋与党派操纵。大家发誓，非立一个智勇双全的人不可。当下在离城一二十里的地方辟了一个大校场，四周搭起华丽的看台。选手穿着全副武装到场，各人在看台后面有间独立的卧房，不准外人与他相见或是相认。竞赛的项目是先跟四个骑士格斗，再由四战四胜的人互相角逐，以压倒群雄为优胜。优胜的人过四天再来，穿着原来的盔甲，解答祭司们的谜语。解答不出的取消资格。还得重新比武，直到选出一个文武两场都获优胜的人为止；因为群众决定要立一个智勇双全的国王。比赛期间，王后从头至尾都受着严密的监视，只许戴着面网观战，不能和选手交谈，免得有褊袒不公之事。

这便是阿斯达丹报告查第格的消息，她只希望查第格为了她拿出勇气和才智来压倒众人。查第格立即动身，暗中求告爱神维纳斯加强他的勇气，增长他的智力。大会前日，他到了幼发拉的河边。他把自己的徽号，跟别的选手的徽号在一处登记了；然后按照比赛规则，隐着姓名，遮着面部，到抽签排定的房内歇息。查第格的朋友加陶，在埃及白找了他一场，回到巴比伦，叫人把王后赠送的全副盔甲送进他的卧房，还代王后牵来一匹最好的波斯马。查第格看出礼物是阿斯达丹送的，他的勇气与爱情也就添加了新的力量与新的希望。

第二天，王后坐在满缀珠宝的华盖之下；四周的看台上挤满了巴比伦所有的妇女和各个阶级的人。选手登场，把各人的徽号放在大司祭脚下，听候抽签。查第格抽在最后。第一个上场的是个家财富有的贵人，名叫伊多巴，虚荣透顶，胆子很小，身手笨拙，毫无头脑。手下的奴仆说像他这样的人应当做国王，他答道："是的，像我这样的人应当统治天下。"他便从头到脚武装起来：披着黄金的战袍，外浇绿色珐琅，头盔上插着绿色羽毛，枪上缀着绿色丝缨。但看伊多巴骑马的架式，便知巴

十七 比 武

比伦的王位,上天决不是留给他的。第一个和他交锋的骑士把他挑下马;第二个把他刺翻在马背上,两脚朝天,张着手臂。伊多巴重新坐起,姿势难看之极,引得观众哈哈大笑。第三个武士连枪都不用,只纵上一步,抓着伊多巴的右腿绕了半圈,把他摔在沙地上;值场的马夫笑着赶来,扶他上马。第四个骑士抓着他的左腿,把他向另外一边摔下。他在一片倒彩声中被人送往小房间过夜;这是比赛的规矩。伊多巴勉强拖着身子走去,说道:"想不到像我这样的人遇到这样的事!"

其余的选手应付得比较高明。有的接连打败两个骑士,还有连胜三个的。只有奥泰默王爷四战四胜。最后轮到查第格:他姿势优美,一连把四个骑士挑下马去。那就要看奥泰默和查第格两人谁胜谁负了。奥泰默穿着金地蓝花的战袍,羽毛也是蓝的;查第格是白盔白甲。看客分做两派,有的希望穿蓝的得胜,有的希望穿白的得胜。王后心跳不已,只求上天保佑穿白的。

两位争冠军的选手互相冲刺,闪避,矫捷非凡,枪法那么巧妙,坐在鞍上那么稳定;除了王后以外,大家巴不得有两个国王。后来两人的马都累了,枪也断了;查第格使出解数,窜到穿蓝的背后,跃上马背,把他拦腰抱着,摔在地下。奥泰默躺在场上,查第格跨着他的坐骑在他周围打转,表演种种骑马的架式。看台上的观众一齐呐喊:"白衣武士得胜了!"奥泰默气愤交加,纵起身子,掣出佩剑;查第格从马上跃下,举刀相迎。两人就在地下重新交锋,一忽儿是勇力占先,一忽儿是智巧得势。盔上的羽毛,护臂上的钉子,战袍上的锁片,在急攻猛打之下纷纷飞落。两人有时往横里砍去,有时从直里刺来,忽左忽右,不是对着头部,便是照准胸部;或是后退,或是向前;时而分开,时而合拢;他们像蛇一般的蜷做一团,像狮子一般的向前猛扑;刀剑相击,金星乱迸。末了,查第格定了定神,收住刀虚晃一下,一个箭步上前把奥泰默摔倒,劈手夺下他的武器。奥泰默嚷道:"噢,白袍选手,巴比伦的王位被你抢去了!"王后快乐得无以复加。穿白的和穿蓝的两位勇士,和别的选手一样,都被照章送往下处歇宿;他们自有一般哑巴侍候,张罗饮食。王后的那个小哑巴是否在那里服侍查第格,只有让读者去猜了。他们单独睡过一晚,第二天早上,冠军还得把徽号送交大司祭查验,同时宣布自己的姓名。

查第格筋疲力尽,虽然心上有着爱人,也睡着了。伊多巴住在隔壁,可睡不着。他半夜起来,走进查第格的卧房,偷了查第格的徽号,把绿盔绿甲替换了查第格的白盔白甲。天一

十七 比武

亮,伊多巴得意扬扬的去见大司祭,自称为夺得锦标的人。大家没防他这一着;查第格好梦正酣,场上已经宣布伊多巴优胜。阿斯达丹回到巴比伦,心中说不出的惊骇和着急。看台上的人差不多已经散尽,查第格方始醒来。他找他的盔甲,只有一套绿的。身边没有旁的衣服,只得穿上。他又诧异又气恼,恨恨的穿着那装束出场。

看台上和校场上还剩下些人,都把查第格大声吆喝,围着他当面羞辱。从来没有人受过这样的难堪。查第格按捺不住,挥着刀,把欺侮他的群众赶散了,但他不知怎么办。他不能去见王后,也不能追讨王后送的盔甲,恐怕连累她。阿斯达丹固然痛苦万分,查第格也怒火中烧,忧急不已。他沿着幼发拉的河走去,以为命中注定要终身受难,没有救星的了。他把一桩桩的倒楣事儿温了一遍,从厌恶独眼的女人起,到盔甲被盗为止;他心上想:"醒得太晚竟会有这样的结果!我只要少睡一会,就能登上巴比伦的王位,做阿斯达丹的丈夫。学问,品行,勇气,从头至尾只替我惹祸招殃。"末了他不免嘀嘀咕咕的咒骂上帝,疑心真有什么残酷的命运操纵一切,欺压善良,保佑穿绿的武士飞黄腾达。他多少伤心事里头,有一件是身上还穿着那套招人笑骂的绿盔绿甲。正好有个商人走过,查第格把那盔甲三钱不值两文的卖了，另外买了件袍子，一顶小帽。这样打扮好了，他沿着幼发拉的河前进，心里只怪怨上帝老是跟他作对。

十八　隐士

　　查第格走在路上遇到一个隐士，令人起敬的白发直挂到腹部，手里捧着一本书，专心一意的念着。查第格站住了，向他深深鞠了一躬。隐者答礼的时候高雅大方，十分和气，引起查第格的好奇心，想跟他攀谈。他问隐士看的什么书。隐者道："是命运之书，要不要看看？"他把书递给查第格。查第格虽则精通好几种文字，看到这本书却一字不识，心里越发奇怪了。和善的老人说道："我看你郁闷得很。"查第格回答："唉！我有我的伤心事啊！"老人接口道："要是你愿意我跟你做伴，也许对你有些好处；有时候我能够在遭难的人心里播下些安慰的种子。"隐士的风度，白须和他手里的书，都叫查第格肃然起敬。他发觉老人的议论中间颇有些卓越的智慧。隐士提到命运，正义，道德，至高无上的善，人类的缺陷，德行与邪恶，都发挥得淋漓尽致，真切动人。查第格听着，觉得有股不可抵抗的力量把他吸住了。他央求老人一路陪他回巴比伦。老人答道："这是我求之不得的。请你用奥洛斯玛特的圣名起誓，在这几天之内，不管我做些什么，你决不离开我。"查第格起了誓，两人便一同出发。

当夜两位旅客走近一座壮丽的宫堡。隐士要求让他和同行的青年借宿。门房俨然像个贵人，摆着一副大施主面孔引他们入内，交给一个总管，由总管带去参观富丽堂皇的内室；还让他们坐在桌子下首，和主人一同吃饭。主人对他们望都不望。但他们受到的款待跟大家一样，又周到又丰盛。吃完饭，仆人叫他们在一只镶嵌珐琅和红宝石的金浴盆内洗澡，然后送入一间华丽的卧房安息。第二天早上，仆人给旅客每人一块金洋，把他们打发了。

查第格在路上说道："那主人虽然有些骄傲，人倒宽宏大量，待客非常豪爽。"他这么说着，发觉隐士背的那只大行囊绷得很紧，很大；原来他偷了镶宝石的金浴盆，装在袋里。查第格面上不敢有所表示，心里却好生奇怪。

中午，隐士走到一所很小的屋子门口，要求歇一会儿脚。屋主是个吝啬的富翁。一个衣衫褴褛的老当差出来接客，口气

十八 隐 士

很粗暴,带他们到马房里,拿出一些霉橄榄,粗面包和坏了的啤酒。隐士和头天晚上吃得一样得意。老当差在旁监视,惟恐他们偷东西,一面还催他们快走。隐士叫他过来,把早上到手的两块金洋给了他,还谢他的照应,接着又道:"请你让我跟贵主人说句话。"当差很诧异,带两位旅客进去。隐士见了主人,说道:"慷慨的大爷,我受了您这样盛大的招待,不胜感激;送上金盆一只,表示我一点心意,务请收下。"吝啬鬼大吃一惊,几乎仰面朝天摔在地下。他还在那里发愣,隐士已经急急忙忙带着年轻的旅伴走了。查第格说道:"师傅,这是什么意思呢?我觉得你和一般人完全不同:一位贵人豪爽非凡的招待你,你倒偷了他一只镶宝石的金盆,拿去送给一个对你这么怠慢的吝啬鬼。"老人答道:"孩子,那豪爽的主人招待过客,只是为了沽名钓誉,卖弄财富,从此他可以安分一些;吝啬鬼却会慷慨一些。你别大惊小怪,跟我走就是了。"查第格猜不透这个人究竟是荒唐透顶的疯子,还是大智大慧的哲人;但隐士的话说得好不威严,查第格又起过誓,只得跟着他走。

傍晚,他们俩走到一所建筑精美而朴素的屋子,既不显得奢华,也不显得俭啬。主人是个退休的哲学家,安安静静的在那里修心养性,但并不感到无聊。他造了这所隐居;对过往旅客无不竭诚招待,没有一点炫耀的意味。他亲自出来迎接两位客人,让他们先到一间舒服的房内歇息。一会儿,他亲自来陪他们去吃饭,菜肴精美可口。吃饭中间,他谈到巴比伦最近的革命,说话很得体。他似乎真心爱戴王后,希望查第格能参加这次比武,竞争王位。"但是,"他又说,"百姓就不配有一个像查第格那样的国君。"查第格听着脸红了,心里越发痛苦。他们谈话之间,都承认世界上的事情不能永远合乎圣人贤士的心意。隐者始终认为大家不明白天意所在,只看到一鳞半爪而判断全局是不对的。

接着谈到情欲。查第格道:"啊!情欲真是祸水!"隐士回答:"那好比鼓动巨帆的风;有时大风过处,全舟覆没;但没有风,船又不能行动。胆汁使人发怒,使人害病;但没有胆汁又不能活命。世界上没有一样东西不危险,又没有一样东西少得了。"

然后又提到快乐;隐士断定那是神明的恩赐,他说:"因为人的感觉与思想都不是自发的,一切都从外界得来;苦与乐,跟人的生命同样来自外界。"

查第格大为惊异,怎么一个行为如此荒唐的人,说理会如此透彻。彼此又愉快又得益的谈了一会,主人把他们带往卧室,

十八 隐士

感谢上天送了两位道高德重的客人上门。他送他们钱,态度大方自然,决不令人难堪。隐者辞谢了。他向主人告别,声明天不亮就得动身回巴比伦。宾主依依不舍的作别;查第格尤其敬重这样一位可爱的人,对他仰慕不置。

隐士和查第格进入卧房,谈了半天赞美主人的话。天才透亮,老人唤醒同伴,说道:"该动身了;可是趁大家还在睡觉,我要给主人留些纪念,表示我的敬意和好意。"说着,他拿起一个火把,点着屋子。查第格吓得大叫,拦着他,不让他做出这样狠毒的事。但隐士力气很大,把查第格拉着就走。屋子已经着火。两人走了好一程,隐士又停下来,若无其事的看火烧,说道:"谢谢上帝,我这主人翁真有福气,他的屋子从上到下,整个儿毁了!"听着这几句,查第格又想笑出来,又想把尊严的老人骂一顿,打一顿,又想自个儿逃跑。结果他一样都没有做,只是震于老人的威严,身不由主的跟着他去过最后一宿。

那是在一个寡妇家里,她又慈悲又贤德,有一个十四岁的侄儿,非常可爱,是她唯一的希望。寡妇想尽办法款待他们。第二天,她吩咐侄儿送两位客人过一座桥,桥新近断了,是个危险的口子。少年挺殷勤的走在他们前面。到了桥上,隐士招呼少年道:"你过来,我要表示对你叔母的感激。"他揪着少

查第格

年的头发,把他摔在河里。孩子掉下去,在水面上冒了一冒,被急流吞没了。查第格嚷道:"噢,你这个禽兽!你这个十恶不赦的坏蛋!"隐士打断了他的话,说道:"你不是答应我耐性的吗?告诉你,在那天火烧的屋子底下,主人得了大宗藏金;至于这个被上帝处死的孩子,一年之内要谋杀他的叔母,两年之内要谋杀你。"查第格嚷道:"谁告诉你的,蛮子?即使你看了那本命运之书,预先知道这些事,孩子又没得罪你,怎么能把他淹死?"

查第格正说着,发觉老人的须没有了,脸变得跟年轻人一样。隐士的服装不见了;通体放光,色相庄严的身上,长出四个美丽的翅膀。查第格扑在地下,叫道:"噢,天使!噢,天神!原来你是从天而降,来感化一个凡夫俗子,要他顺从千古不变的法则的。"天使奥斯拉答道:"凡人一事不知,事事臆断。不过芸芸众生,最值得我点醒的还是你。"查第格道:"我不敢相信自己的判断;可是请你替我解释一个疑问:训导那个孩子,使他一心向善,不是比把他淹死更好吗?"奥斯拉回答:"他要是一心向善,要是活在世上,命中注定他将来要跟他的女人和儿子一齐被人谋害。"查第格道:"怎么!难道世界上非有罪恶与灾祸不可吗?好人一定得遭难吗?"奥斯拉答道:

"恶人终究是苦恼的：他们的作用不过是磨练世上少数的正人君子；须知善恶相生，没有一种恶不生一点儿善果的。"——"可是，"查第格道，"假定有善无恶又怎么呢？"奥斯拉答道："那末这世界不是这样的世界了；世事演变也将受另外一类的智慧调度；那种完美的智慧只存在于天国之内，因为恶是不能接近上帝的。上帝造出无数的世界，没有一个相同。变化无穷的种类就是他法力无边的象征。地球上没有两张相同的树叶，无垠的太空没有两个相同的星球。你生活在一颗原子上面，你所看到的都是由一个无所不包的主宰，根据永久不变的法则使它们各居其位，生逢其时。大家以为刚才死掉的那个孩子是偶然落水的，那所屋子是偶然起火的；可是天下没有一桩出于偶然的事；什么都是考验，或是惩罚，或是奖赏，或是预防。你别忘了那个渔夫，他自认为天下最倒楣的人。奥洛斯玛特却派你改变了他的命运。弱小的人啊，你应当崇拜主宰，别跟他反抗。"查第格说："可是……"言犹未了，天使已经往十重天上飞去。查第格心悦诚服，跪在地下颂赞上帝。天使却在云端里对他大声叫着："上巴比伦去罢。"

十九　猜　谜

　　查第格怔住了，好像一个霹雳打在他身边；他茫茫然走着。进巴比伦那天，参加过比武的人已经在王宫的大厅上会齐，预备解释谜语，答复大司祭的问题。除了绿袍武士，其余的都到了。查第格在城里才露面，就被群众围住；他们把他百看不厌的瞧着，嘴里不住的祝福，心里不住的祝祷，但愿他能统治天下。眼红的阿利玛士看见他走过，马上浑身发抖，掉过头去。众人抬着查第格，直送到会场。王后听说查第格来了，一边存着希望，一边觉得害怕，心里七上八下，说不出的焦急：她既不明白查第格怎么会丢了盔甲，更不明白伊多巴怎么会穿着白的。查第格一到，场上就唧唧哝哝，起了一阵骚动。大家重新见到他，惊喜交集；但当天的会只有比过武的人才能出席。

　　查第格说道："我跟别的选手一样比过武；但我的盔甲今

天给另外一个人穿在身上。我要求先解答谜语,再提出我参加竞赛的证据。"大会把这件事付表决:查第格诚实不欺的名声还深深的印在众人心里,大家便毫不迟疑,允许他参加了。

大司祭先提出一个问题:世界上哪样东西是最长的又是最短的,最快的又是最慢的,最能分割的又是最广大的,最不受重视的又是最受惋惜的;没有它,什么事都做不成;它使一切渺小的东西归于消灭,使一切伟大的东西生命不绝?

轮到伊多巴发言。他回答说像他这样的人是不懂什么谜语的,只要一刀一枪胜过别人就行了。其余的人,有的说谜底是运气,有的说是地球,又有的说是光线。查第格认为是时间。他说:"最长的莫过于时间,因为它永无穷尽;最短的也莫过于时间,因为我们所有的计划都来不及完成;在等待的人,时间是最慢的;在作乐的人是最快的;它可以扩展到无穷大,也可以分割到无穷小;当时谁都不加重视,过后谁都表示惋惜;没有它,什么事都做不成;不值得后世纪念的,它都令人忘怀;伟大的,它都使它们永垂不朽。"全场一致认为查第格的解释是对的。

第二个谜语是:什么东西得到的时候不知感谢,有了的时候不知享受,给人的时候心不在焉,失掉的时候不知不觉?

各人说出各人的答案。只有查第格猜中是生命。其余的谜语，查第格都同样轻而易举的解释了。伊多巴口口声声说，这是最容易不过的事，只要他肯费心，他照样能应对如流。接着又问正义，问到至高无上的善，问到治国之道。查第格的回答都被认为最有道理。有人说道："可惜这样一个聪明人武艺这样不行。"

查第格道："求诸位大人明鉴，我曾经在比武场中战胜群雄。白盔白甲是我的。伊多巴大人趁我睡着的时候把它拿去了，大概他认为比绿的更合适。现在让他穿着从我那儿拿去的漂亮盔甲，我只穿着长袍，我预备凭我的剑在诸位面前向伊多巴证明，打败英勇的奥泰默的不是他，而是我。"

伊多巴心里十拿九稳，接受了挑战。他觉得戴着头盔，穿着战袍，裹着护臂，打败一个身穿便衣，头戴睡帽的敌人，真是太方便了。查第格向王后行了礼，拔出剑来；王后瞧着他，又快活又害怕。伊多巴掣出剑来，对谁都不理。他往查第格直冲过去，仿佛勇猛非凡。他打算劈开查第格的脑袋。查第格躲过了，挺着剑的后三段往对方的剑尖只一砍，就把伊多巴的剑斩断了。查第格随即抱着伊多巴的身子把他摔倒，剑尖指着他胸甲的隙缝，说道："要不让我解除武装，我就要你性命。"

十九 猜 谜

伊多巴始终觉得奇怪,像他那样的人竟会处处失利;当下他听凭摆布。查第格不慌不忙,脱下他漂亮的头盔,华丽的胸甲,好看的护臂,明晃晃的护脚,披戴在自己的身上,奔过去拜倒在阿斯达丹脚下。加陶毫不费事的证明了这盔甲原是查第格的。大会一致通过,立查第格做国王;阿斯达丹的赞成,尤其不在话下。她受了那么多灾难,终于苦尽甘来,看到她那举世钦仰的爱人做了她的丈夫。伊多巴回到家里称孤道寡去了。查第格登了王位,十分快乐。他心上记着奥斯拉天使的话,也没忘了沙子变成钻石的事。王后和他都敬爱上帝。查第格让使性的美人弥苏弗天南地北的流浪。但他把强盗阿蒲迦召来,封他一个体面的军职,答应他只要做一个真正的军人,将来还有高官厚爵可得;倘使胆敢重操旧业,一定把他吊死。

赛多克和他美丽的妻子阿莫娜,从阿拉伯奉诏而来,管理巴比伦的贸易。加陶论功行赏,授了官职,极受宠爱。他做了王上的朋友。全世界的君主唯独这位国王有一个朋友。小哑巴也没有被遗忘。渔夫得了一所美丽的屋子;奥刚罚出一大笔钱赔偿渔夫,还得归还他妻子;但渔夫已经醒悟,只收了赔款。

美丽的赛弥尔因为错认查第格会变做独眼,后悔不迭;阿曹拉因为想割掉查第格的鼻子,痛哭不已。查第格送了礼物去安慰她们。眼红的阿利玛士羞愤交加，一病不起。从此天下太平，说不尽的繁荣富庶，盛极一时。国内的政治一以公平仁爱为本。百姓都感谢查第格，查第格却是感谢上天。

如此世界

巴蒲克所见的幻象

——巴蒲克记

在掌管天下万国的神灵中，伊多里埃位列一等，专管上亚细亚部门。有一天他下降人间，到阿姆河畔大月氏人巴蒲克的住处，对他说："巴蒲克，波斯人的疯狂与放荡引起了我们的愤怒：昨天管辖上亚细亚的诸神举行会议，决不定对柏塞波里斯①还是加以惩罚，还是把它毁灭。你往那城中走一遭，全部考察一下，回来给我一个忠实的报告；我根据你的报告，再决定对那城市或者惩戒，或者毁灭。"——"可是，大人，"巴蒲克诚惶诚恐的回答，"我从来没到过波斯，一个人都不认识。"天神说："那就更好，你不会有所褊袒。上天已经赋予你鉴别力，我再给你一项神通，使你能叫人信赖；你只管四处

---

① 柏塞波里斯为波斯旧京，公元前三三一年被亚历山大焚毁。作者借此影射巴黎。

去走,去看,去听,留心观察,不用害怕;你到处会受到很好的款待。"

巴蒲克便跨上骆驼,带着几个下人出发。过了几天,在示拏平原附近遇到波斯军队前往迎击印度军队。巴蒲克先打听一个掉在后面的士兵,和他攀谈,问他两国为何交兵。小兵说:"凭着所有的神明起誓,我一点不知道。那也不关我事。我只晓得为了要活命,不是杀人,就是被杀;替谁当差都没关系。或许我明天就投入印度军营,听说他们的粮饷比这该死的波斯军队每天多发半个铜子。要知道为什么打仗,你去问我的队长罢。"

巴蒲克送了一份小小的礼给那个兵,走进营盘。不久他结识了队长,问他战争的宗旨。队长说:"我怎么知道呢?这个好听的宗旨跟我有什么相干?我的家离开柏塞波里斯有好几百里;听到开仗的消息,我立刻丢下家属,照我们的习惯,跑来找个发财或送命的机会,好在我没有事做。"巴蒲克说:"你的同胞不比你知道得清楚些吗?"军官回答:"不;为什么互相残杀,只有我们几个大都督才真正明白。"

巴蒲克觉得奇怪,去见一般将领,和他们混熟了。其中一个终于和他说:"这场战争使亚洲受了二十年难,起因是波斯大帝的一个妃子手下有个太监,和印度大帝某衙门中一个小官儿起了冲突。所争的权利大约值一块波斯金洋的三十分之一。印度的宰相和我们的宰相,都很严正的维护他们主人的权益。争执变得激烈了。双方各派一百万大军出动,每年还得征发四十多万人补充。屠杀,焚烧,破坏的城镇,糜烂的地方,越来越多;生灵涂炭,而战祸方兴未艾。我们的宰相和印度的宰相屡次声明,他们所作所为无非是为人类谋福利;每次声明过后,总多几个毁坏的城市和遭难的省份。"

下一天,听到和议即将成立的风声,波斯的将军与印度的将军急不可待的下令进攻,杀得血流遍野。战争的祸害与丑恶,巴蒲克全看到了;他目睹一般将领的策划,都是想尽方法要叫自己的统帅打败。他眼看军官们被手下的士兵杀害;士兵们把快要断气的同伴勒死,为的是抢他们身上血肉狼藉,溅满泥浆的破布。他走进伤兵医院:因为波斯王出了高俸雇用的救护人员惨无人道,玩忽职守,大半的伤兵都死了。巴蒲克叫道:"这些是人还是野兽?啊!柏塞波里斯一定要被毁灭的了。"

巴蒲克这样想着,进入印度军营。正像伊多里埃早告诉他的,印度人招待他和波斯人一样好。但使他毛骨悚然的同样的暴行，他也全部看到。"噢！噢！"他心上想，"倘使伊多里埃天神要诛灭波斯人，印度的神灵也应该诛灭印度人。"接着他访查两军中的详细情形，听到许多慷慨豪爽，仁爱侠义的行为，使他又惊又喜，叫道："不可思议的人类！这许多卑鄙的和高尚的性格，这许多罪恶和德行，你们怎么能兼而有之呢？"

和议成立。两军的将领没有一个得到胜利，单单为他们私人的利益叫那么多人——他们的同胞——流了血；那时各自到朝廷上争功邀赏去了。公家的文告庆祝和平，一致宣称德行与福祉已经回到人间。巴蒲克道："感谢上帝！纯洁的风气经过洗涤，今后要常住在柏塞波里斯了，它决不会逞那些恶神的心愿遭到毁灭的：咱们赶快奔往那座亚洲的京城去吧。"

他到那座伟大的京城是打老城门进去的：一片的野蛮景象，粗俗可厌，叫眼睛看了受罪。城里这个区域，整个儿脱不了当初兴建时代的气息；因为虽则人家一味厚古薄今，初期的尝试无论在哪方面都是简陋的。

巴蒲克混在人堆里；他们都是些最肮脏最难看的男女，神气痴呆，赶往一所阴森森的大屋子。巴蒲克听着连续不断的嗡嗡声，看着忙忙碌碌和有人掏出钱来买座位的情形，以为是个卖草垫椅子的市场。不一会他瞧见许多妇女跪在地下，装作眼睛直勾勾的望着前面，暗中却瞅着男人，才明白原来他进了一所神庙。好些又尖又嘎，又粗野又不调和的嗓子，在天顶下面发出口齿不清的声音，活像彼克托尼平原上的野驴，听见吹了牛角号而与之呼应的叫声。巴蒲克掩着耳朵；但看到几个工人拿着镁子锄头进庙，他恨不得连眼睛鼻子也一齐堵住。工人们掀起一块大石板，掘出臭气四溢的泥土往两旁扔；然后拿一个死人放下坑去，盖上石板。

巴蒲克叫道："怎么！他们把尸首埋在敬神的地方！怎么！他们的庙基底下都铺满了死人？怪不得柏塞波里斯常常受瘟疫之害。尸体的腐烂，加上这么多人挤在一处的臭秽，大可毒害全球呢。啊！该死的柏塞波里斯！大概天神们的意思是要毁了它，造一所更好的城市，叫一般比较干净而唱得好一些的百姓去住。上天自有道理，由它去安排罢。"

太阳的路程走了将近一半。巴蒲克要到京城的另外一头，上一位太太家去吃饭；她的丈夫是军官，托巴蒲克捎着几封家信。巴蒲克先在柏塞波里斯绕了几转，看见一些别的神庙，建筑比较好，装饰也更体面，坐满了一般文雅的人，传出悠扬悦耳的音乐。他留意到许多公共喷泉，尽管地位不当，却是壮丽夺目；有几处广场上立着铜像，纪念波斯前朝的几位贤君；在别的广场上他听见群众嚷着："什么时候才会有我们爱戴的君主呢？"跨在河上的几座雄壮的大桥，宏伟而方便的河滨道，以及两岸的宫殿，巴蒲克看了都赞叹不置。他还欣赏一所极大的建筑：打过胜仗，受过伤的成千老兵每天在那儿礼拜战神①。最后他到那位太太府上，太太请了一批上等人做陪客，等他吃饭。屋子很干净，陈设华丽，菜肴精美，女主人年轻，貌美，风雅，殷勤，宾客的风度也跟她不相上下。巴蒲克时时刻刻心里想着："这样一所可爱的城，伊多里埃天神想要把它毁灭，简直是跟大家取笑了。"

可是他发觉，那太太开头很多情的向他打听丈夫的近况，晚饭终了的时候，她更多情的和一个年轻祭司谈话。巴蒲克又看见一位法官，当着妻子的面热烈的拥抱一个寡妇；而这度量宽宏的寡妇一手勾着法官的脖子，伸出另外一只手让一个很俊俏很谦恭的青年市民握着。法官的太太第一个离席，到隔壁小

---

① 影射巴黎的伤残军人院。

房间去招待她的精神导师①。这导师本是约好来吃饭的,但迟到了。他极有口才,在小房间内和法官太太谈得那么恳切,那么动人,太太回出来眼睛湿了,脸上升火,走路不稳,连说话都发抖。

巴蒲克开始担心,伊多里埃天神的主意或许是不错的。因为他有叫人信赖的神通,当天就参透女主人的秘密。她告诉他喜欢那年轻祭司,又向他担保,说柏塞波里斯城中家家户户都跟她府上的情形相仿。巴蒲克断定这样的社会是维持不下去的;嫉妒,反目,报复,会把所有的家庭闹得天翻地覆;每天都要有流泪与流血的事;做丈夫的一定会杀死妻子的情夫,或者被情夫所杀。他觉得伊多里埃有心毁灭一座灾祸连绵的京城,的确是件好事。

他正想着这些不祥的念头,门上来了一个人,容貌严肃,穿着黑大氅,恭恭敬敬的求见年轻法官。法官既不站起身子,也不对来人瞧上一眼,只是神态傲慢,心不在焉的交给他一些文件,打发他走了。巴蒲克打听来客是谁。女主人轻轻的说:"他是本地最高明的一个律师,研究法律有五十年了。我们这

---

① 精神导师是指导一个人灵修的教士。

位先生只有二十五岁,两天以前才当了司法大臣;他要审理一件尚未过目的案子,叫那位律师做一个节略。"巴蒲克说道:"这糊涂青年向一个老人请教,倒也聪明;可是为什么不让那老人当法官呢?"——"你这是开玩笑了,"有人回答巴蒲克,"在低微的职位上辛辛苦苦干到老的人,从来爬不上高位的。这位青年官职很大,因为他父亲有钱。我们这儿的审判权是跟分种田一样花钱买的。"巴蒲克嚷道:"噢!竟有这样的风俗!噢!这个倒楣的城!不是黑暗到极点吗?花钱买来的法官,他的判决一定是按着价钱出卖的;这地方简直腐败透了。"

他正在表示痛苦和惊奇,一个当天才从队伍中回来的青年军人对他说:"为什么你不愿意人家买法官做呢?我带着两千人去跟死亡相搏的权利,就是买来的。我今年花掉四万金洋,为的是裹着血衣,一连二十夜躺在地下,后来又中了两箭,至今还觉得痛呢。既然我倾家荡产,去替我从未见过的波斯皇帝当兵,法官要享受一下南面听讼的乐趣,当然也该花点儿钱了。"巴蒲克听着气愤,把这个标卖文武官职的国家暗中定了罪。他不假思索就断定了,这国内决没有人知道何谓战争何谓法律,即使伊多里埃不加诛戮,腐败的政治也会把这些人断送了的。

巴蒲克对他们的轻视越发加深了一层,因为来了一个胖子,跟众人随便打了个招呼,走近青年军官,对他说:"我只能借给你五万金洋,因为全国的关卡今年只给我赚到三十万。"巴蒲克打听这个抱怨赚钱赚得这么少的人是谁;人家告诉他,柏塞波里斯一共有四十位无冕之王,订了租约,包下波斯帝国,收来的税只消缴一部分给王上①。

饭后,巴蒲克走进城内最壮丽的一所神庙,坐在一群到这儿来消闲的男女中间。高台上出现一位祭司,讲了半天善与恶。他把无需分析的道理分做几部,把明白了当的事有条不紊的加以证明,把无人不知的东西教给大众。他很冷静的装作很激动;讲完了,满头大汗,上气不接下气。全场的人醒过来,自以为受了一番教育。巴蒲克说:"这个人用足功夫叫二三百个市民受罪;但他心意是好的,不能作为毁灭柏塞波里斯的理由。"

从这个集会出来,巴蒲克被带去参加一个群众庆祝会,那是三百六十天天天举行的。地方像神庙,庙堂深处有一座宫殿。柏塞波里斯最美的妇女和最显赫的大臣都整整齐齐的坐在

---

① 这是影射当时法国的包税员。

那里，场面非常好看，巴蒲克开头以为这就是庆祝会了。一会儿，两三个像国王与王后一般的人物在殿前出现；他们说的话与民众说的大不相同；平仄协调，音韵铿锵，词意高雅，精妙绝伦。没有一个人打瞌睡，大家听着，寂静无声，只偶尔有些感动与赞美的表示。关于人君的责任，爱护道德的热忱，情欲的危险，他们都说得精辟动人，使巴蒲克听着下泪。他断定他所听到的这些男女英雄，国王王后，准是国家任用的宣教师；他甚至想劝伊多里埃来听听他们，满以为这样一个场面必定能使伊多里埃回心转意，永远和柏塞波里斯的市民言归于好。

庆祝会散了，巴蒲克立刻想去看看那位主要的王后。她刚才在华丽的宫中宣扬过高尚与纯洁的道德。巴蒲克托人引见；介绍人带他打一座狭小的楼梯走上三楼，进入一间家具简陋的寓所，碰到一个衣衫破烂的女人，神气又庄严又凄怆的对他说：“这营生还养不活我呢；你所看到的许多国王中间，有一位让我怀了孕；不久我就要生产；我没有钱，而没有钱就不能生产。”巴蒲克送她一百金洋，心上想："要是柏塞波里斯只有这个缺点，伊多里埃也不该生那么大的气。"

当下他又到一些商人那儿消磨了一晚，他们卖的都是华丽而无用的玩艺儿。带他去的是他相熟的一个聪明人。他挑喜欢的东西买了；人家对他礼貌周全，卖的价钱却大大的超过原价。回到家里，朋友告诉他人家如何如何欺骗他。巴蒲克把商人的姓名记在字版上，打算叫伊多里埃惩罚全城的那天特别注意。正写着，有人敲门：原来那商人亲自来送回巴蒲克忘在柜上的钱袋。巴蒲克嚷道："你既然不知羞耻，卖给我的小玩艺儿敲了四倍的价钱，怎么又会这样诚实这样热心呢？"商人答道："城里稍微有些名气的生意人，没有一个不会把你的钱袋送回的；但说我把货卖多了四倍价钱，那是人家骗你了；我卖多了你十倍的钱，你一个月以后再想出售，连这十分之一的钱还卖不到。可是这也很公道；这些无聊东西能有价值，全靠人的好奇心；靠了这好奇心，我才能养活我手下的上百工匠，我才能有一所体面的屋子，有一辆方便的车和几匹马；也靠了这好奇心，我们才能繁荣工业，培养趣味，发展贸易，增加民间的财富。同样的小玩艺儿，我卖给邻国比卖给你还要贵，而在这一点上，我是对国家有益的。"

巴蒲克想了一会儿，把商人的姓名在字版上抹掉了。

巴蒲克不知道对柏塞波里斯作何感想，决定去拜访祭司和学者，因为学者是研究智慧，祭司是研究宗教的；他只希望他们能替其余的人补救一下。第二天早上,他到一所修道院去。院长向巴蒲克承认,因为发了清贫的愿,他每年有十万进款;由于发了谦卑的愿,他有很大的势力。然后院长把巴蒲克交给一个小修士陪去参观。

修士正把忏悔院的富丽堂皇的内景指点给巴蒲克看,外边却纷纷传说他是来整顿全体社团的。他立刻收到各修院的申请书,内容无非是:保留本院,解散一切别的组织。听他们的辩护,所有的社团都有存在的必要,听他们相互的控诉,全部应该解散。巴蒲克很佩服,居然没有一个社团不想为了感化天下而独霸天下的。一个矮小的候补修士对巴蒲克说道:"救世大业眼看要完成了:詹尔杜斯德已经回到世界上;女孩子们都在预言,还叫人用钳子夹着身体,用鞭子抽着屁股①。所以求你保佑我们对抗喇嘛。"——"怎么,"巴蒲克问,"对抗那个住在西藏的喇嘛吗?"——"是的。"——"难道你们跟他打仗不成?你们可是在招兵?"——"不是的;但喇嘛说人是自由的,我们不信;我们写小册子攻击他,他不看;他还不大听

---

① 影射十七世纪基督旧教中的让森派,常以苦行自罚,以求灵魂得救。下文所谓西藏的喇嘛系指罗马的教皇。

见人家提起我们呢；他把我们定罪的方式，就好比一个家主叫人在园子里扑灭树上的青虫①。"这些自称为明哲之士的荒谬，出家人的阴谋，提倡谦卑与抛弃名利人的野心，骄横与贪婪，使巴蒲克气得发抖，认为伊多里埃要毁灭这批贱民真有道理。

回到家里，他叫人买些新书来排遣心中的苦闷，又请几个学者吃饭，借此散散心。来的人比请的多了两倍，好像黄蜂受了蜜的吸引。这些清客忙着吃喝，讲话；他们只称赞两种人，死了的人和他们自己；对当代的人物，除了饭局的主人以外，从来不赞美。他们之中谁要说了一句妙语，别人就低着眼睛，咬着嘴唇，恨自己不曾说得。他们不像祭司那样隐藏，因为野心的目标没有那么大。每人千方百计想争一个跟班的职位和大人物的名声。彼此说些侮辱的话，自以为语妙天下。他们对巴蒲克的使命略有所闻。其中一个放低着声音，要求巴蒲克害一个作家的性命，因为五年以前对他没有恭维到家。另外一个要

---

① 让森派认为人类有原始罪恶，非上帝特赦，灵魂不能得救。教皇斥为邪说；"人是自由的"一语即表示人可以自由赎罪，以求永生，无须先得上帝特赦。

求断送一个市民，因为看了他的喜剧从来不笑。第三个要求消灭学士院会员，因为他想进学士院而始终进不去。吃完饭他们孤零零的各自回家，因为除了在请他们吃饭的财主家里，他们都势不两立，彼此不说话的。巴蒲克觉得让这批蛙虫在大毁灭中送命并无多大害处。

巴蒲克打发他们走了，念了几本新书，觉得和那般客人的气息一样。尤其使他愤慨的是那些恶意中伤的报纸，趣味恶俗的记载，全是在妒忌，卑鄙和饥饿的指使之下写出来的。还有那欺善怕恶的讽刺，专门敷衍老鹰，糟蹋白鸽；还有枯索无味的小说，描写的都是作者不认识的妇女[①]。

巴蒲克把这些可厌的著作统统丢在火里，晚上出门散步。有人介绍他去见一位年老的学者，不在那些篾片之列的。这学者从来不与俗流为伍，识得人性，也与世人交接，说话很有见识。巴蒲克很痛心的和学者提到他的所见所闻。

贤明的学者回答说："你看到了一些要不得的文字；但是

[①] 这是指当时流行的一派索隐小说，书中人物多影射贵族阶级的妇女。

每个时代，每个国家，每个方面，总是坏的多于牛毛，好的寥寥无几。你招待的是一批学究的渣滓；因为每个行业中间，总是最没资格出场的人老着面皮出现。真正的贤者安分守己的隐在一边，只跟同道来往。值得你一看的人物和书籍，我们还有。"他这么说着，来了另外一个学者。两人的谈话都很有趣味，使人得益，毫无成见，又完全合乎礼义；巴蒲克不能不承认从来没听过这样的议论。他轻轻说道："这样的人，伊多里埃天神是不敢冒犯的，否则他也太狠心了。"

巴蒲克对学者之流是回心转意了，对其余的人始终怀着怒意。那个和他谈话的贤者对他说："你是外国人；无数的弊端涌现在你眼前，而隐藏的好事和有时就从那些弊端中来的好事，你都错过了。"巴蒲克这才知道，学者之中有的并不嫉妒，祭司中间也有德行高卓的。末了他领会到，这些庞大的社团看上去在互相倾轧，走着同归于尽的路，其实倒是很有益的组织；每个祭司的团体，对于敌对的团体都有约束作用。虽则他们在某些意见上分歧，但提倡的都是同样的道德，他们都在教导民众，也都能够服从法律；好比家庭老师监督家长的孩子，家长又监督着教师。巴蒲克接触了好几个这样的人，看到了一些圣洁的心灵。他打听到连那些要讨伐喇嘛的疯子里头，也有些伟大的人物①。最后他疑心，柏塞波里斯的风俗人情很可能和城中的建筑物一样，有的教他看了可怜，有的使他赞叹不已。

他对那学者说："我早先以为那些祭司是危险分子，现在我明白他们很有用处，特别在有一个贤明的政府，不让他们变得举足重轻的时候。但你至少得承认：你们一般青年法官才学会骑马，就买上一个司法官的职位，他们在庭上一定会蛮横无理到极可笑的地步，也要褊枉不公到极腐败的地步；还不如把这些职位免费派给老法学家，他们已经把是非曲直衡量了一辈子了。"

学者答道："你没有到柏塞波里斯，先看到我们的军队；你知道我们的青年军官打仗打得很好，虽然他们的职位是买来的；也许你会看到我们的青年法官案子也判得不差，即使他们的审判权是花了钱买的。"

下一天，大理院正要判决一件重要的案子，学者带着巴蒲克去了。案情是大众皆知的。所有发言的律师，主张都动摇不定；援引了上百条法律，没有一条针对案子的关键；他们从四

---

① 早期的让森派中，如帕斯卡尔，如尼古拉，如阿尔诺，在学问与道德方面都是了不起的人物。

面八方看问题，没有一个方面看得真切。律师们还在迟疑不决，法官们却很快的定夺了。他们的判决差不多是全体一致的。他们判得很好，因为根据理性的指示；律师们的辩护不行，因为他们只请教书本。

巴蒲克由此推断，弊端中间往往有些很好的事。他本来对于金融家的财富非常愤慨，那天却看到这财富也能产生善果。皇帝需要款子，用普通手段半年还张罗不到的，靠金融家的力量，不出一小时就凑齐了。巴蒲克看到由地面上的露水凝成的大块的云，变了雨水还给土地。并且这些新兴人物的子弟，受的教育往往比旧家子弟更好，他们的能力有时还高明得多；因为有个精明的父亲，并不妨碍儿子成为一个公正的法官，勇敢的军人，能干的政治家。

巴蒲克不知不觉原谅了金融家的贪心；他们其实未必比别人更贪，而且对社会还是少不得的。他宽恕了为要打仗要审判而不惜倾家荡产的愚蠢，这愚蠢产生了伟大的法官和英雄。他不再责备学者们的妒忌，他们之中有的是教育大众的人；他对野心勃勃，玩弄手段的祭司也回心转意了，他们大德多于小疵；但巴蒲克还有许多抱怨的事，尤其妇女的放荡以及由放荡造成的祸害，使他不胜忧虑。

因为他想把各色人等看透，叫人介绍去见一位大臣；一路提心吊胆，唯恐劈面撞见什么妇女被丈夫凶杀的事。到了大臣那里，在穿堂内等了两小时才得通报，通报之后又等了两小时。这期间，他决定把这位大臣和他手下那些傲慢的属吏的名字告诉伊多里埃。穿堂内挤满了上下三等的妇女，穿各色道袍的祭司[①]，有法官，商人，军官，学究；大家都在抱怨大臣。吝啬鬼和放高利贷的都说："这家伙一定在外省大刮地皮"；使性的人责备大臣脾气古怪；酒色之徒说他只想寻欢作乐；阴谋家但愿大臣早日被人暗算；妇女们希望快快换一个更年轻的大臣。

巴蒲克听着他们的议论，不由得想道："这倒是个有福的人；所有的仇敌都在他的穿堂里；嫉妒他的都被他的权势压倒了；瞧他不起的人都跪在他脚下。"巴蒲克终于进去了，见到一个矮小的，被年龄与公事压成驼背的老头，但人还活泼，极有机智。

他很中意巴蒲克，巴蒲克也觉得他值得敬重。两人谈话很

[①] 影射基督旧教中的各个宗派，他们穿的法衣，颜色各各不同，如耶稣会派穿黑，多明我派穿白。

投机。大臣告诉巴蒲克,说自己很苦;大家当他财主,其实他很穷;人人以为他权倾一世,其实老是受着牵掣;他所帮助的人多半忘恩负义;连续不断的辛苦了四十年,难得有片刻安慰。巴蒲克为之感动了,心上想,假定这人犯着过失,伊多里埃天神要加以惩罚,也不该置之死地,只消让他在原来的位置上干下去就行了。

他正和大臣谈话,请巴蒲克吃过饭的漂亮太太突然闯进来,眼睛和额上都带着痛苦与愤怒的表情。她对大臣说了一大篇责备的话,流着泪,愤愤不平的说,她丈夫要求的职位不但他的出身够得上,他立的军功和受的伤也使他受之无愧,她怪怨当局不该拒绝。她把意思表达得那么有力,诉苦诉得那么有风度,把对方的意见批驳得那么巧妙,把自己的理由陈述得那么动听,她走出办公室的时候居然替丈夫把功名争到了。

巴蒲克挽着她的手臂,说道:"太太,为了一个你心中不爱的,又是你应当见了害怕的男人,你怎么肯这样费心呢?"她嚷道:"怎么!我不爱我的丈夫?告诉你,我丈夫是我世界上最好的朋友,我样样肯为他牺牲,除了我的情人;他为我干什么都愿意,除了和他的情妇分离。我要介绍你见见那位太太,真是个可爱的女子，聪明绝顶，品性极好；今天晚上，我跟她和我的丈夫，还有我的年轻祭司，一同吃饭；你来跟我们一块儿乐一下罢。"

那太太把巴蒲克带到她家里。丈夫终于回来了，很痛苦；但见到太太，又高兴又感激。他把妻子，情妇，青年祭司和巴蒲克，都拥抱了。饭桌上一团和气，又快乐，又风趣，又文雅。美丽的女主人对巴蒲克说："告诉你，大家有时认为不规矩的女人，差不多永远抵得上一个最规矩的男人。你要不信，明天不妨陪我上美人丹沃纳家吃饭。有些贞节的老婆子把她攻击得体无完肤；但她们做的全部好事还不及她的多。她不管为了多大利益，也不肯做一件小小的不义之事；她只替情人出些高尚的主意，只关心他的荣誉；情人错过一个行善的机会，就会对着她脸红；因为能鼓励一个人行善的，莫如有一个你不愿意失去她对你的敬意的情妇，做你行为的见证与评判。"

巴蒲克准时赴约。他看见屋子里享用玩好，一应俱全；丹沃纳却不受这些玩好支配。她对每个人都有一套得体的话。她的自由自在的气息使别人也跟着心中舒坦；她的讨人喜爱不是有意的；她的和气不下于她的热心；人又长得好看，这就使她的种种优点更有价值。

巴蒲克虽是大月氏人，虽是天神派来的使者，也发觉如果在柏塞波里斯再住下去，就要为了丹沃纳把伊多里埃忘了。他对这个城市有了感情，认为居民虽则轻浮，虚荣，爱说人家坏话，可是温和有礼，殷勤亲切。他唯恐天神把柏塞波里斯判罪，甚至想到自己要做的报告就觉得害怕。

为他的报告，他想出一个办法。他叫城中最高明的熔铸匠用各种金属，泥土，最名贵和最粗劣的石子混合起来，造了一座小小的人像，拿去给伊多里埃，说道："你是否因为这美丽的人像不是纯金打的或钻石雕的，就把它毁掉？"伊多里埃明人不用细说，连惩罚柏塞波里斯的念头都抛开了，决定让世界如此这般的下去。他说：即使不是一切皆善，一切都还过得去。柏塞波里斯就给保留了下来。巴蒲克绝对不抱怨，他不像约拿因为上帝不毁灭尼尼微而生气。但一个人在鲸鱼腹中待了三天，当然不会像看着歌剧喜剧，跟风雅人士一同吃饭那么心情愉快①。

---

① 《旧约·约拿书》载：约拿奉耶和华之命警告尼尼微人将受天谴，约拿惧而逃，乘舟遇风，被水手投入海，葬身鱼腹三日夜，得庆更生，复往尼尼微宣告神示。尼尼微人惧祸悔改，耶和华卒免予毁灭，约拿因此大为不悦。

梅农

或人的智慧

散文

梅农有一天想出一个荒唐的计划，要做一个大智大慧的圣贤。人有时候总不免心血来潮，做此妄想。梅农私忖："要求大智大慧，就是说要求幸福，只消清心寡欲就行；而大家知道，这是最容易不过的。第一，我可以永远不爱女人；看到绝世的姿色，我就心里想：这脸蛋有一天会打皱的；这双美丽的眼睛会四周发红的；这滚圆的乳房会扁平而下垂的；这美丽的头会光秃的。我现在看美女只要用着将来的目光，就不会神魂颠倒了。

"第二，我能永远饮食有度，使佳肴美酒的勾引，高朋满座的诱惑，对我都不生作用。只要想象一下暴饮暴食的后果会使我脑袋沉重，肚子饱闷，丧失理性，健康，光阴：那我就会以疗饥止渴为限，就能身体常保康宁，神志永远清明。这些都太容易了，做到了也不足为奇。"

"其次,"梅农又道,"也得想想我的家业。我欲望有限;资产都存在尼尼微的税务总监那里,万无一失;我尽可自给自足,无求于人;这是人生最大的福气。我不会落到无可奈何的地步去谄媚奉迎;我不会嫉妒人家,人家也不会嫉妒我。这又是很容易办到的。"接着他又说:"我有的是朋友,尽可以长久保持,因为他们跟我不会有何争执。我永远不会跟他们生气,他们跟我也不会。这也并非难事。"

梅农在房内订好了明哲保身的小计划,把头伸到窗口去张望,瞧见两个妇女在他屋子近边的树荫下散步。一个是年老的,好像一无所思。另外一个年轻貌美,似乎心事重重。她叹着气,流着泪,倒反显得更有风韵。我们这位贤者为之动心了,不是为了那女的姿色(他很有把握不会这样软弱的),而是为了她的悲伤。他走出去,到尼尼微少妇身边,打算竭尽智慧把她安慰一番。那美人神气极天真,极动人,说出她叔叔把她百般欺侮,用了如何如何的手段强占她的家私,说不定还会做出别的蛮横的事;其实她既没有什么叔叔,也从来不曾有过什么家私。她对梅农说:"我觉得你见识高超,如果肯光临舍间把我的事研究一下,相信你一定能帮我渡过难关。"梅农毫不迟疑,跟着走了,预备慎重其事的考虑她的问题,替她出个好主意。

伤心的太太带他走进一间香喷喷的屋子，一本正经的请他一同坐在大沙发上；两人面对着面，交叉着腿。女的低着眼睛说话，偶尔掉几滴眼泪，每次抬起头来，总跟贤者梅农的目光碰在一起。她的话充满了感情，这感情跟着两人照面的次数而加深。梅农对她的事十分关切；他越来越热心，只想帮助一个这样贤德这样可怜的女子。他们谈得高兴，不知不觉改变了相对而坐的姿势。各人的腿不再交叉了。梅农指导她的时候和她挨得这么近，出的主意那么温柔，两人没法再商量正事，不知谈些什么了。

到了这一步，读者不难预料，那位叔叔来了。他从头到脚全副武装；第一句话当然是要把他的侄女和贤哲的梅农一齐杀死；最后一句是可以看在大量的金钱份上，饶恕他们。梅农只能倾其所有的拿出来。那时的人还算运气，这么便宜就脱身了；美洲尚未发现；伤心的太太们也不像今日的这样危险。

梅农又羞又气的回家：看见有张字条请他去和几个好朋友吃饭。他想："如果一个人待在家里，我会念念不忘的想着那倒楣事儿，饭也吃不下，要闹病的。不如出去和几位好友吃顿粗茶淡饭。有他们陪着，可以忘掉我早上做的糊涂事儿。"他便去赴约。大家看他郁郁不乐，劝他喝几杯解闷。少量的酒，喝得适可而止，原是有益身心的良药。贤哲的梅农心里这么想着，喝醉了。众人邀他吃过饭赌钱。和朋友们文文雅雅的玩儿原是正当的消遣。他便入局，把身上的现款统统输光，又口头输了四倍的钱。为了赌博，大家争起来，闹翻了；梅农的一个好朋友把骰子缸扔在他脸上，打瞎了他一只眼。贤哲的梅农被送回家去，喝醉了酒，分文不剩，又少了一只眼睛。

他醉醺醺的睡了一会；等到清醒了些，他叫仆人去向尼尼微的税务总监支钱，预备付好朋友的账。仆人回报说，税务总监骗了大家的钱，当天早上破产了，许多家庭都急得要命。梅农一气之下，眼睛上贴着膏药，手里拿着状子，进宫去向王上告那个破产的债户。他在客厅中遇到好几位太太，都若无其事的束着圆周二十四尺的腰箍。其中一位跟梅农有些相熟，瞅了他一眼，说道："啊！丑死了！"另外一个和他更熟，招呼他说："梅农先生，你好！真的，梅农先生，我很高兴见到你；可是梅农先生，你为什么瞎了一只眼呢？"说着，不等他回答就走开了。梅农躲在客厅一角，只等时候到了，去扑在国王脚下。他把国王面前的地吻了三遍，呈上状子。仁慈的陛下对他优礼相加，拿状子交给一位大臣，要他查明复奏。大臣把梅农拉过一边，神态傲慢，冷笑着说："你这个独眼人真可笑，居然不求我而去求王上；更可笑的是你竟敢控告一个清白的破产人，他是我情妇的一个女用人的侄儿，由我加恩保护的。你要是想保住那只剩下来的眼睛，还是把这件事丢开了罢。"

梅农早上才下了决心不近女色，不暴饮暴食，不赌钱，不争吵，特别是不到宫中去求人；谁知不到天黑，就上了一位漂亮太太的当，被她敲了一笔，喝醉了酒，赌了钱，吵了架，打瞎了一只眼，到了宫中，受了一场奚落。

他茫然若失，痛苦万状，心如死灰的退出来。他打算回家，不料一般公差正替他的债主搬屋子里的东西。他在树底下差不多晕过去了；又遇到早上那位太太陪着她亲爱的叔叔散步；她看见梅农贴着膏药，哈哈大笑。天黑了，梅农躺在干草上，靠近自己屋子的围墙。他有了热度，昏昏睡去，梦里看见出现一位天神。

天神浑身发光，长着六个美丽的翅膀，可是无头，无脚，无尾，说不出像什么。梅农问："你是谁啊？"他回答："我是你的护身神。"梅农道："那末你得还我眼睛，还我健康，还我财产，还我智慧。"接着他告诉天神，怎样在一天之中丢了这一切。天神说："在我们的世界上，从来不会碰到这样的事。"——"请问你住的是什么世界？"伤心人问——"我的本乡离开太阳二十万万里,在天狼星旁边的一颗小星上,你在这儿看得见的。"——梅农说:"啊!好地方!怎么!你们那儿没有女骗子骗一个可怜的男人吗?没有什么好朋友赢了你的钱,打瞎你一只眼睛吗?没有诈欺的破产人,没有不替你伸冤,反倒取笑你的大臣吗?"那星球上的居民回答说:"这种事一桩都没有。我们从来不受女人欺骗,因为我们没有女人;我们从来不沉湎酒食,因为我们不吃东西;我们没有破产的人,因为我们既无金,亦无银;人家不能打瞎我们的眼睛,因为我们没有像你们那样的身体;大臣们从来不会对我们不公平,因为在我们那小小的星球上大家一律平等。"

梅农道:"请问你这位没有妇女没有饭吃的大人,你们的时间是怎么消磨的?"天神说:"我们受着委托,替别的星球当监护人,现在我就是来安慰你的。"梅农道:"唉!为什么你不在昨天晚上来阻止我那许多傻事呢?"天神回答:"昨天我在你哥哥阿桑那儿。他比你更可怜。他不胜荣幸,在印度朝廷上当差;为了一件小小的冒失事儿,他被国王挖去双目,戴着脚镣手铐,关在牢里。"梅农道:"好容易家中有了一个善神保佑,弟兄俩还是一个变了独眼,一个变了全瞎;一个睡在干草上,一个睡在监牢里。"星球上的怪物回答说:"你的命会变的。固然你永远只有一只眼了：但除此之外，你还是能快乐度日，只要不再痴心妄想，求什么大智大慧。"梅农叹道："难道大智大慧竟是不可能的吗？"天神说："那和绝顶的能干，绝顶的坚强，绝顶的威权，绝顶的幸福，同样不可能。便是我们也还差得远呢。具备这一切的只有一个星球。但是散处在太空中的亿兆星球，每种德性都按着程度排列的。第二个星球上的智慧和快乐比第一个星球上少一些，第三个更少一些；由此类推，到最后一个星球，所有的人都是疯子。"梅农说："我很怕我们这个由水跟土合成的小球，正是你说的宇宙中的疯人院。"天神说："不完全是；可是相去不远了。天地万物，各有各的位置。"梅农道："那末有些诗人和有些哲学家说一切皆善，完全是错的了？"天上的哲学家说："以整个宇宙的安排来说，他们是对的。"可怜的梅农回答："啊！只要我老是一只眼，我就不信这话。"

两个得到安慰的人

大哲学家西多斐尔，有一天对一个确有理由伤心的女子说："太太，伟大的亨利四世的女儿，英国的王后，曾经和你一样的遇难：她被逐出国；遇着大风暴，几乎死在海洋里；又眼看她的丈夫英王被送上断头台。"——"我代她很难过，"那太太说完，又叹起自己的苦经来。

"可是，"西多斐尔说，"你别忘了玛丽·斯图阿德：她一本诚心的爱着一个音乐家，嗓子很好的男中音。她的丈夫当着她的面把音乐家杀了。接着，玛丽的至亲兼好友，自称为童贞的伊丽莎白女王，把她关了十八年牢，又在断头台上挂着黑布，砍了她的头。"那太太回答："那真是残酷极了。"说完她又一味想着自己的悲痛。

安慰她的人又道："拿波里的王后，美丽的耶纳被人捉住而掐死的事，也许你听人说过吧？"伤心的太太回答："我大

两个得到安慰的人

概有点记得。"

哲学家说:"我得告诉你另外一个女王的故事:就在我年轻的时候,她吃过晚饭被人篡位,后来死在一个荒岛上。"太太回答:"这件事我全知道。"

"还有一个大名鼎鼎的公主,我要把她的遭遇告诉你,我还劝慰过她呢。她和一切大名鼎鼎而美丽的公主一样,有一个情人。公主的父亲走进她卧室,撞见了情人,看见他脸上升火,眼睛亮得像红宝石;公主的脸色也非常兴奋。父亲看了那青年的脸,大为厌恶,打了他一个本省从来没有人打过的大巴掌。情人拿起一把钳子砸破了岳父的头,好容易才治好,至今留着伤疤。女的吓昏了,从窗里跳下去,跌坏了脚,到现在走路还看得出是瘸的,虽则腰身很好看。男的因为把一个伟大的诸侯砸破了头,判了死刑。你不难想象,看着情人被押去吊死,公主是怎么样的心情。有段很长的时期,我常到牢里去看她;她自始至终只和我提到她的苦难。"

那太太道:"那末你为什么不许我想到我的苦难呢?"哲学家道:"因为那是不应该想的;因为有那么多的名门贵妇受过那么大的罪,你再灰心绝望就不大得体了。你得想想埃居勃,想想尼奥勃。"那太太回答:"如果我受到这两人的遭遇,或是受到那许多美丽的王后的遭遇,如果你为了安慰她们而对她们讲我的苦难,你想她们会听你吗?"

第二天,哲学家的独养儿子死了,痛不欲生。那位太太叫人把所有死了儿子的帝王,列成一张表,交给哲学家;哲学家看了,认为很正确,可并不因此减少他的悲痛。过了三个月,他们俩重新见面,很奇怪的发觉彼此心情都很愉快。他们叫人替时间立了一座美丽的像,下面题着:只有你能使人安慰。

小大人

哲学故事

一 一个天狼星系的居民游历土星

在那些环绕着天狼星转动的行星中间,有一个星球上有个青年,聪明绝顶,最近到我们这个小蚂蚁窝中游历,我三生有幸,和他认识了。他叫做小大人①,这名字对所有的大人物都很合适。他身高八里:我说的八里等于官尺二万四千步,每步五尺。

一向为人类造福的代数学家,倘若当场拿起笔来,就会算出:既然天狼星系的居民小大人先生从头到脚有二万四千步,合到十二万官尺,而我们地球上的居民不过身高五尺,地球一周不过九千里;那末小大人所生长的星球,圆周一定比我们小小的地球正好大二千一百六十万倍。这在自然界中也极其平

---

① 原文此字是以希腊文的小(micro)与大(megas)二字拼成的。

小大人

常，不足为奇。日耳曼或意大利某些诸侯的国土，不出半小时就能绕完一圈，跟土耳其帝国、莫斯科维帝国或中华帝国比较之下，还不过是个淡薄的形象，不足以形容万物的差别之大。

那位贵人的身量既然如我所述，我们所有的雕塑家与画家想必不难同意，他的腰带该有五万尺圆周；那也是很相称的比例。

以才智而论，在我们看来，他是最有修养的一个。他知道很多事情，也发明了一部分：年纪还没到二百五十岁，照例在他星球上的耶稣会学校念书的时期，因为聪明不过，已经解答了欧几里特[①]的五十多门题目。那就比柏斯格多十八门。柏斯格幼年，据他姊姊说，一边玩儿一边解答了三十二门题目；但他后来只成为一个平凡的几何学家和很糟糕的玄学家。小大人到四百五十岁，童年告终的时代，解剖了许多直径不满一百尺，普通的显微镜照不出的昆虫，写成一部奇妙的书，替他招来一些麻烦。他国内的祭司是个愚昧透顶，喜欢小题大做的人，认为书中有些可疑的，不雅的，武断的，邪曲的，近乎异端的理论，便对他大肆攻击：所争的是天狼星上的跳蚤身体是否与

[①] 欧几里特（公元前三〇六~前二八三）为希腊几何学家。

蜗牛的质地相同。小大人的辩护很巧妙，使所有的妇女都站在他一边。案子拖了二百二十年。临了，祭司叫一般从未念过那部书的哲学家，把书禁止了，罚作者八百年不得入朝。

既然朝廷上全是卑鄙龌龊，兴风作浪的玩艺儿，小大人受到放逐，并不怎么难过。他编了一支滑稽的歌取笑祭司，祭司满不在乎。然后，小大人到一个个的行星上去漫游，以便像俗语说的，培养智慧，开拓心胸。一向只坐驿车或轿车出门的人，一定会觉得天上的乘舆奇怪；因为我们住在这个小土堆上的人，只要事情出乎我们的习惯，就无从想象。我们那位旅行家，深通地心吸力的规律和一切相引相拒的力量，而且善于利用；他带着家人有时借助于一道阳光，有时依靠一颗彗星，从一个星球跨到另一个星球，好像鸟儿在树枝上飞来飞去。他瞬息之间渡过了银河；但我不能不承认，大名鼎鼎的但尔亨[①]牧师自称在望远镜中看见的极乐世界，小大人透过银河的星云并没看见。皇天在上！我不敢说但尔亨先生看错了；但小大人是亲历其境的，又是个精细的观察家；再说，我也不愿意反对

[①] 但尔亨（一六五七～一七三五）为英国的修道士，著有《天文神学》一书。

小大人

哪一个。小大人去了不少地方,来到土星上。尽管他看惯新鲜事儿,一见那星球与居民的渺小,也不由得露出一副高傲的笑容,那是连大智大慧的人有时也难免的。因为土星只比地球大九倍,上面的人只是身长六千尺左右的矮子。小大人先在家人中间把矮子取笑了一阵,仿佛一个意大利音乐家到了法国,笑吕利的音乐[①]。可是天狼星人极明事理,他马上懂得一个有思想的生物只有六千尺长,不见得就可笑。他先让土星上的居民惊奇了一会,跟他们混熟了。他和土星的学士院秘书成了知己;秘书极有才气,事实上一无发明,但把别人的发明说得头头是道,大大小小的计算也还做得不差。为了满足读者,我把小大人和秘书先生有一天谈的很奇怪的话,在此报告一下。

[①] 吕利(一六三二~一六八七)为意大利音乐家,受法国宫廷雇用,在路易十四时代为法国歌剧院院长,首创法国歌剧的风格。

二　天狼星居民与土星居民的谈话

那贵人躺下身子，秘书凑近着他的耳朵；然后小大人说道："不能否认，自然界真是形形色色，种类繁多。"土星人道："是啊，那好比一个花坛，其中的花……"小大人道："哎，什么花坛！提它干吗？"秘书又道："好比一些金发女郎和棕发女郎，她们的装饰……"小大人道："棕发女郎跟我有什么相干？"——"换句话说，那好比一屋子的画，笔致……"——旅行家道："不；自然界就是自然界。为什么要用这个那个来比呢？"秘书回答："因为要讨你喜欢啊。"旅行家道："我不要人家讨我喜欢，我要人家增长我的知识。先请你告诉我，你们星球上的人有多少种知觉？"秘书回答："有七十二种；但我们天天嫌少。我们的幻想超过我们的需要；有了七十二种知觉，有了土星环，有了五个月亮，我们觉得还是大受限制；

虽则有着种种好奇心，从七十二种知觉上生出来的情欲数量也很可观，我们还常常觉得无聊。"小大人道："那我完全相信：在我们星球上，我们有了上千种知觉，仍旧有一股说不出的，渺茫的欲望，说不出的苦闷，随时使我们感到自己的不足道，觉得还有比我们完美得多的生灵。我略微走过几个地方，看见有的人远在我们之下，有的人远在我们之上；但是欲望不超过真正的需要，需要满足以后不再有欲望的人，一个都没见过。也许有一天，我会到一个应有尽有的地方；但至此为止，关于那个地方，谁也没给我确实的消息。"土星人和天狼星人便化尽心血，做种种猜测；可是发了一大堆又奇妙又渺茫的议论以后，不得不回到事实。天狼星人问："你们的寿命有多长？"土星上的小大人回答："啊！很短的。"天狼星人说："那完全跟我们一样；我们也老是嫌寿命太短。这大概是天下普遍的规律了。"土星人说："唉！我们只活到太阳的五百公转（照我们的计算是一万五千年左右）。这不是几乎生下来就死吗？我们的生命不过是一个小点子，我们的寿命不过是一刹那，我们的星球不过是一个原子。才开始有些知识，还来不及得到经验，死亡就来了。我吗，我什么计划都不敢有；我好比大海中的一滴水。在你面前，想到我在这个世界上所表现的可笑样儿，

二 天狼星居民与土星居民的谈话

尤其觉得难为情。"

小大人回答:"要不是你胸襟旷达,我就要怕你伤心,不敢告诉你我们的寿命比你们长七百倍了。可是你很明白,所谓死亡不过是把肉体还给原素,在另一种形式之下参与万物的成长;一到这变化的关头,不管你活了天长地久还是只活了一天,都是一样。我到过一些地方,人的寿命比我们长一千倍,他们还在怨叹。可是到处都有些明白人,懂得乐天安命,感谢造物。他散播在宇宙之间的物种多至不可胜计,但都有它们的共同点。例如所有的人都不同,实际上思想与欲望的天赋都相同。普天之下,物质皆占有空间,但每个星球上的物质,特性各异。你们的物质,你们认为有多少特性呢?"土星人道:"倘若你所谓特性,是指没有了它们,我们的星球就不是现在这个模样,那末我们一共有三百种,例如面积,不可入性,可动性,可分性,地心吸力等等。"旅行家道:"显而易见,按照造物主安排你们这个小地方的计划,这小数目是足够的了。我在每样事情上佩服造物的智慧;我处处看到有差别,而又处处有比例。你们的星球小,你们的居民也小;你们的感觉少,你们物质的特性也少:这都是上天的安排。你们的太阳,细看起来是什么颜色的?"土星人答道:"白的,可是近于黄色。分析起来,太阳包括七种颜色。"天狼星人道："我们的太阳是近于红的，一共有三十九种原色。我游历期间看到的太阳，没有两个相像的，正如你们的脸没有一张不跟别人的两样。"

　　小大人提了好几个这一类的问题，又打听土星上有多少种不同的物体。土星人回答说有三十来种，例如神，空间，物质，有感觉的有形的生物，有感觉与思想的有形的生物，有思想的无形的生物，有互相侵入之物，有互不侵入之物等等。天狼星人说他的星球上有三百种这一类的物体；他游历期间又发现了三千种；土星上的哲学家听了大为惊奇。两人把各自所知道的少数事情和许多不知道的事情，交换了一番，讨论了太阳——公转，决意一同去做一次小小的哲学旅行。

三　天狼星居民与土星居民的旅行

两位哲学家带着一套精美的数学仪器，预备搭着土星的大气出发了，土星人的情妇却得了风声，哭哭啼啼的赶来埋怨。她是个俊俏的棕发女郎，只有三千九百六十尺高，但是可爱的风度补救了她身量的矮小。她嚷道："啊！狠心的汉子！你追求了我一千五百年，我没有理睬；等到我依了你，在你怀中才过了一百年，你就把我丢下，跟一个别的世界上的巨人出门了。哼，你只有好奇心，从来不曾有过爱情；你要是一个真正的土星人，一定会对我忠实的。你上哪儿去流浪啊？你想干什么啊？咱们的五个月亮还不像你这么飘流不定，咱们的土星环也不及你这样没有恒心；完啦，完啦，从此我再也不爱什么人了。"哲学家尽管是哲学家，还是把她拥抱了，和她一起哭了一场。那太太晕过一阵，向一个当地的小白脸找安慰去了。

小大人

    两位好奇的人就此动身；他们先跳上土星环，觉得相当平坦，和我们小地球上的一位名流所猜的一样。他们从土星环跨上一个一个的月球。一颗彗星在最后一个月球旁边掠过；他们带着仆人和仪器跳上去。走了大约一亿五千万里①，遇到木星的许多卫星。他们跨上木星，住了一年，听到好些珍秘的事；要不是异教裁判所的各位法官认为有些见解太激烈，那部奇书早在印刷中了。可是我在大名鼎鼎的某总主教的藏书室里，看见过手稿；总主教让我浏览他藏书的度量与好意，我简直称道不尽。

    言归正传。两位旅行家从木星上出来，飞渡了大约一万万里的空间，沿着火星的边缘走过。大家知道，火星比我们小小的地球小五倍。他们看见有两个月亮照着。这两个月亮逃过了我们的天文学家的眼睛。我料定加斯丹神甫会大做文章，而且写得很风趣，否认有这两个月亮；但我宁可相信一般用类推法思考的人。那两位聪明的哲学家很懂得，火星离太阳那么远，两个月亮是少不了的。尽管如此，他们还是觉得火星太小，担

---

① 本篇所说的"里"，与第一章开始"我说的八里……"的"里"相同，都是法国古里，约等于今四公里强。

三　天狼星居民与土星居民的旅行

心没法睡觉，便继续向前，好似两个游客瞧不起破落的乡村客店，一径赶往前面的城市。可是天狼星人和土星人不久就懊悔了。他们走了好久，一无所遇。临了，他们瞧见一点暗淡的光，原来是地球，那叫从木星上来的人看了的确可怜。但他们怕错过了宿头又要后悔，便决定上岸。他们走到彗星的尾巴上，看见北极光正要出发，便搭在上面，在我们新历一千七百三十七年七月五日，到了波罗的海北岸。

四　他们在地球上的遭遇

他们歇息了一会；仆人把两座山收拾干净，给他们吃了当早饭。接着他们想察勘一下居留的小地方。先从北部走到南部。天狼星人和他的仆人普通每一步大约走三万官尺；土星上的矮子远远的跟着，上气不接下气；他差不多要跑十二步，才抵得上同伴的一步。你们不妨想象（假如允许我做这样的比较）有只很小的袖珍狗，跟着普鲁士的一个警卫队长跑路。

两个外方人走得相当快，三十六小时就绕了地球一周。固然，太阳——应当说是地球——做这样一次旅行只要一天一夜；可是别忘了在本身的轴心上转动，比用两只脚走要方便得多。走过一转，他们又回到原来的地方，路上看到一个细微莫辨的水潭，就是我们叫做地中海的；也经过另外一个环绕小土堆的小池塘，我们叫做大西洋的。土星上的矮子在洋里不过水

四　他们在地球上的遭遇

没至膝,他的同伴连脚跟也没怎么受潮。他们一来一回的时候,都在地上地下做各种动作,想知道这星球上有没有居民。他们低下身子,躺在地上,到处摸索;但他们的眼睛和手,跟在地下爬的小生物太不相称了,因此没有一点感觉可以使他们疑心到地球上住着我们,以及和我们同居的别的生物。

矮子有时判断事情太快,先以为陆地上是没有人的。主要的理由就是一个人都没看见。小大人客客气气的提醒他,这种推理不大准确。他说:"某些五十分之一大小的星,我看得很清楚,你的小眼睛可看不见;难道你就断定没有那些星吗?"矮子道:"可是我已经摸到家了。"小大人道:"可是你的感觉不灵啊。"矮子道:"可是这星球的构造这样不行,这样不规则,在我看来,形状又这样可笑!我觉得这儿一切都是混沌一片。你看那些小溪没有一条是直线的,池塘非圆非方,又非椭圆。形状毫无规律;球上还到处长着尖尖的小石子(他是说我们的山),刺痛我的脚。整个球的形状,你注意到吗?两极那么平,绕着太阳转动的模样那么蠢,两极的气候一定长不出东西来。其实,我认为这里没有人,就因为我觉得明理的人是不愿意住的。"小大人道:"说不定住在这儿的就不是明理的人。不过看样子,这地方也并非一无所用。你说这儿样样都不规则,因为木星和土星上样样都笔直。大概就因为此,这里才有点混乱。我不是告诉过你,我一路游历老是注意到自然界种类繁多,参差不一吗?"土星人把这些理由都驳回了。两人竟可以永远争论下去;幸亏小大人说话激动,一不小心把他戴的钻石项链震断了。钻石散落在地,都是些参差不等的小钻石,最大的重四百斤,最小的五十斤。矮子捡了几颗,凑近眼睛一看,发觉这些钻石车磨的方式,竟可当精密的显微镜用。他拿起一个直径一百六十尺的小显微镜,贴着眼珠;小大人挑了一个直径二千五百尺的。两个都非常好。但有了显微镜,先还一无所见,还得把镜片对准。临了,土星人瞧见一样极细小的东西全身浸在水里,在波罗的海中蠕动;原来是条鲸鱼。他用小指头轻轻巧巧的挑起,放在大拇指甲上,给天狼星人看。天狼星人看见地球上的居民如此细小,不由得又笑了。土星人一朝相信了我们的世界上住着生物,马上以为住的都是鲸鱼;又因为他是推理大家,就想猜测一颗这样小的原子,动作从何而来,它是不是有思想,有意志,有自由。小大人被这些问题难住了:他耐着性子细看,觉得没法相信它有什么灵魂。两位旅行家正想断定我们的居民是没有灵性的,不料显微镜又给他们照出一样比鲸鱼更大的东西,在波罗的海上漂浮。大家知道,正在那

四　他们在地球上的遭遇

个时期，有一队哲学家从北极圈回来[1]，他们在那边考察到许多从来没人想到的事。报上说他们的船沉在波的尼沿海，他们经过许多危险才逃出性命；但这个世界上，大家从来不知道事情的内幕。我要老老实实的讲出经过情形，决不添加一点我自己的意思；这对于一个史学家倒也不是件容易的事。

---

[1] 一七三六至一七三七年间，有一队科学家往挪威方面考察，由法国几何学家莫班丢斯主持，察看两极是否平的，同时测量子午线的度数。

五 两位旅客的实验与讨论

小大人把手慢慢的伸向那东西出现的地方,两个指头伸出去又缩回来,唯恐弄错了;然后又张开,又并拢,非常轻巧的把装载那般先生们的船夹起来,仍旧放在指甲上,不敢压得太紧,生怕压坏了。土星上的矮子说:"哎,这个动物跟第一个完全两样。"天狼星人把那个所谓动物放在掌心内。旅客和船员以为被旋风卷到了一块岩石上,一齐忙起来:水手们搬出大桶的酒,倒在小大人掌中狂喝。几何学家拿起他们的四分仪和扇形仪,带着拉伯兰女子①,走到天狼星人的手指上。因为他

---

① 科学探险团往往从地球上的边远区域带回几个特殊民族的人,作为研究民族学的标本。拉伯兰为居于斯干的那维亚半岛以北的一个民族。

们大忙特忙,天狼星人居然觉得有些东西蠕动,使他手指发痒了:那是一根铁棍插进了他的食指,有一尺深。凭着这个刺激,他断定手中的小动物身上有些东西出来了。但开头也没想到别的。一条鲸鱼和一条船,用了显微镜才不过勉强看得出;遇到像人那样微小的生物,显微镜就没办法了。我这么说,不是有心伤害谁的面子,但我不能不提出一点请一般爱面子的人注意:以身高五尺半计算,我们站在地面上的身量,不会比一个只有大拇指六十万分之一高低的小动物,站在一个圆周十尺的球上的身量更大。你们不妨想象有个巨大的物体能把地球抓在手中,它器官的大小和我们人的器官比例相同;而天地之间这样大的物体可能很多;那末请大家考虑一下,人间的战争,使我们损失了原来就应当还给人家的两个村子的战争,让那些庞大的物体看了作何感想。

万一高大的掷弹兵兵团里,有个团长看到我这本书,我相信他准会把士兵的军帽至少加高两足尺;可是我先告诉他一声,那是白费的;他和他的部下永远小得看不见。

所以,天狼星上的哲学家直要竭尽巧思,才看出我所说的那些原子。雷文胡克与哈特苏克最先发现——或者自以为发

小大人

现——产生我们的种子的时候①,还远不如天狼星人这个发现来得惊人。小大人看着这些小家伙蠕动,打量他们的种种本领,研究他们的一切活动,觉得乐不可支。他简直叫起来了!他欣喜欲狂的拿一个显微镜放在同伴手里。两人异口同声的说道:"我看见了;你瞧,他们不是背着东西,一会儿低下身子,一会儿抬起来吗?"说话之间,因为看到这样新奇的东西而高兴,也因为怕丢失他们而害怕,两人的手都抖起来。土星人从极端怀疑一变而为极端轻信,以为那些小东西正忙着生殖。他说:"啊!自然的本相被我当场看到了。"但他惑于外表误会了;这也是常有的事,不管你用不用显微镜。

---

① 雷文胡克(一六三二~一七二三)为荷兰生物学家,首先指出毛细管中的血液循环与红血球的活动状态。哈特苏克(一六五六~一七二五)为荷兰物理学家,曾改进显微镜的构造,从而发现人的精虫。

六　他们与人类的接触

小大人的观察力比矮子强得多,他清清楚楚看出那些原子在谈话,指给矮子看。土星人在生殖问题上闹了误会,很难为情,可绝对不信这一类的动物能交换思想。他和天狼星人一样能说话;但他听不见那些原子的话,便以为他们不会说话。何况这些小得看不见的生物怎么能有发声的器官呢?又有什么可说呢?要说话,先要能思想,或是近乎思想的机能;要是他们有思想,就该有相当于灵魂那样的东西;而把相当于灵魂的东西加在这类物种身上,土星人是觉得荒唐的。"可是,"天狼星人说,"你刚才还以为他们谈恋爱呢。难道你认为谈恋爱可以不用思想,不用说几句话,甚至也不用有所表示吗?你觉得要一个人说出一个理由,比生一个孩子更难吗?在我看,这两件事都不可思议。"矮子道:"我既不敢相信,也不敢否认;

小大人

我谈不上有什么意见了。还是把这些小虫研究一下，再讨论吧。"小大人回答："这话说得很对。"他立刻拿出剪刀来修指甲，当场用一片大拇指甲做成一个传声喇叭，像个其大无比的漏斗。他把漏斗的管子插在自己耳朵里。漏斗口的圆周连船带人都罩住了；地面上最细小的声音都能进入指甲的螺旋形纤维。天上的哲学家凭着这点巧妙，完全能听到地下那些小虫的嗡嗡声。要不了几小时，他居然听出说话，后来竟听出法文来了。矮子跟着如法炮制，可是比较困难一些。两位旅客越来越惊奇。他们听见小虫讲的话还有理性，觉得自然界的奥妙简直无从解释。你们当然想象得到，天狼星人和他的矮子都急着要跟原子们攀谈。他们怕自己打雷般的声音，尤其是小大人的，不但不能叫人听到，反而会把他们震聋。一定要减低音量才行。于是两人嘴里衔着一些牙签般的小东西，拿很细的一头放在船旁。天狼星人把矮子抱在膝上，把船和船上的人放在指甲上；然后低着头轻轻的说话。这样那样的布置好了，他才说：

"喂，你们这些小得看不见的昆虫，天教你们生在无穷小的身体上；我感谢上天把我觉得不可思议的秘密揭露给我看了。也许在我院子里，没有人愿意对你们瞧一眼；可是我决不轻视谁，愿意保护你们。"

假如有人惊奇，那就是听见这些话的那般人了。他们猜不出话从哪里来的。船上的教士念起退邪咒，水手们破口大骂，哲学家创立了一种学说；但不管是什么学说，始终猜不透跟他们讲话的是谁。土星上的矮子比小大人声音柔和，他三言两语对他们说出自己的种族，叙述土星上的旅行，告诉他们小大人先生是什么人。他先对他们的渺小表示惋惜，又问他们是否一向就这样可怜，近于虚无的；问他们住在一个好像是鲸鱼世界的球上做些什么，是否快乐，是否传宗接代，是否有灵魂。还有上百个诸如此类的问题。

船上有一位辩论家胆子比别人大，听到人家疑心他们是否有灵魂，觉得很气，拿视孔版对着四分仪，瞄准那说话的人，换了两个方向，换到第三个，他开口了："先生，你因为从头到脚高达六千尺，便自以为……"矮子嚷道："六千尺！哎哟，我的天！他怎么知道我的高度的？六千尺，一寸都不错；怎么！这原子把我量出来了！他竟是个几何学家，知道我的大小；而我只能从显微镜里看见他，还不知道他的身量呢！"地上的物理学家回答："是的，我把你量过了；我还能测量你高大的同伴呢。"对方接受了这建议。小大人先生便睡倒在地，因为要是站着，他的头矗在云外，太高了。地下那般哲学家在他身上插了一株大树,换了司威夫脱①牧师,准会说出插在身上什么部分,但我尊重太太们,不便指明。他们用好几个三脚规连起来,断定他们看到的是一个高十二万官尺的青年。

于是小大人说了这样的话:"这一回我更明白了,判断无论什么东西,不能凭外表的大小。噢!上帝!你对一些外貌这样可鄙的物体也给了智慧;对付无穷小跟对付无穷大,在你都一样容易。倘使有比这个更小的动物,和我在天上看到的那批相貌堂堂,单是一只脚就能把我现在站着的地球盖住的动物比较起来,灵性可能更高。"

哲学家中有一个回答说,小大人先生尽可相信,的确有些聪明的生物比人更小。他举的例子,并非古代的诗人维吉尔提到蜜蜂的时候所说的想入非非的话,而是斯瓦麦达姆的发现和雷奥缪的解剖②。他又告诉小大人,有些动物之于蜜蜂,正如蜜蜂之于人类,正如天狼星人之于比他更大的动物,也正如那

---

① 司威夫脱(一六六七~一七四五)为英国有名的小说家,以讽刺辛辣著称。

② 斯瓦麦达姆(一六三七~一六八〇)为荷兰生物学家,专攻解剖学及昆虫学。法国物理学家雷奥缪亦研究生物及昆虫学。

六　他们与人类的接触

些大动物之于另外一些物体，——使大动物相形之下只等于原子一般的物体。双方的谈话越来越有意思，小大人便说出下面一番话来。

七 与人类的谈话

"噢，你们这些聪明的原子，永恒的主宰有心在你们身上显露他的神通与智巧。你们在地球上一定享尽了清福，尝到了纯粹的快乐，因为你们身上的物质这样少，好像只有精神，你们准是在相亲相爱和深思默想中过日子的；这是真正的精神生活。我一处也没见过真正的幸福，幸福必定在这里了。"

一听这话，所有的哲学家都摇头。有一位比其余的更坦白，老实承认说，除了少数不受重视的居民以外，余下的只是一批疯子，恶人和可怜虫。他说："假如恶是物质造成的，那末使我们作恶的物质太多了；假如恶是从精神来的，那末是精神太多了。你可知道就在我跟你说话的这个时候，与我们同类的一百万戴帽子的疯子，正在杀害另外一百万缠头巾的疯子①,或者被他们杀害;而且从古以来,差不多全地球的人都干着这样的事?"天狼星人听着发抖,追问这样弱小的动物从事这样残酷的斗争是为的什么。哲学家道:"为争几堆像你脚跟大的泥土②。并不是几百万相杀的人里头,有一个人对那堆泥土有何要求;而是要争个明白,那堆土究竟属于一个叫做苏丹的人呢,还是属于另外一个不知为什么叫做恺撒的人。那小块地,苏丹和凯撒从来没见过,也永远见不到;而互相残杀的动物,差不多也没有一个见过他们为之拼命的那个动物。"

天狼星人愤愤的叫道:"啊,该死东西!这样灭绝理性的疯狂,谁想得到?我恨不得跺一阵子脚,把这些可笑的凶手一齐踩死。"人家回答说:"你不必费心;他们干的事就是在自取灭亡。告诉你,不消十年,这些可怜虫剩不了百分之一;即使他们不动刀枪,也会由饥饿、疲劳,或是饮食无度把他们收拾完的。况且应当惩罚的不是他们,而是那些坐着不动的蛮子;他们待在办公室里,吃饱了饭,命令一百万人去屠杀,事后再叫他们举行庄严的仪式感谢上帝。"旅行家觉得人类这个

---

① 影射一七三六至一七三九年间土耳其与俄奥联军的战争。

② 指克里米亚半岛。

小小的种族太可怜了,想不到他们有这许多相反的,奇怪的表现。他对哲学家说:"既然你们是少数贤哲的人,决不肯为了金钱而杀人,那末你们干些什么?"哲学家道:"我们解剖苍蝇,测量线,集合数字;在人人了解的两三个问题上表示同意,对于谁也不懂的两三千个问题争论不休。"天狼星人和土星人立刻心血来潮,想打听这些有思想的原子,哪些事情是他们一致同意的。他问:"从天狼宿到双女星有多少距离?"他们一齐回答:"三十二度半。"——"从此地到月球有多少距离?"——"说整数,是地球半径的六十倍。"——"你们认为空气有多重?"他以为这问题把他们难住了。不料所有的哲学家都告诉他,以同样的体积计算,空气比最轻的水轻九百倍左右,比杜加①的黄金轻一千九百倍。土星上的小矮子听了大为惊奇,几乎把这批他一刻钟以前不承认有灵魂的人,当做巫术师。

终于小大人对他们说道:"既然你们对身外之事知道得这么清楚,对身内之事必定知道更清楚。告诉我,你们的灵魂是什么东西?你们的思想是如何形成的?"那些哲学家和刚才一

---

① 杜加为欧洲的一种货币,十三世纪时先由佛尼市铸造,有金银二种。

样同时开口,但每个人都意见不同。最老的一位提到亚里士多德;另外一个提到笛卡儿,这个提到玛勒勃朗希,那个提到莱布尼兹,又有一个提到洛克。亚里士多德派的老学者很有自信的高声说道:"灵魂是一种完美的现实,是使灵魂所以能成为灵魂的原因①,这是亚里士多德明白说过的,可以参考他的著作,卢佛版六三三页。"学者接着说了两个希腊字。巨人道:"我不大懂希腊文。"哲学蠹鱼回答:"我也不大懂。"天狼星人道:"那末为什么你要说一句希腊文,引一个叫做亚里士多德的人的话呢?"学者回答:"因为引证我们不了解的东西,就得用我们懂得最少的语言。"

笛卡儿派的学者接着发言,说道:"灵魂是纯粹的精神,未出娘胎已接受了全部形而上学的观念;出了娘胎,必须进学校,把原来知道得很清楚而以后不知道了的东西重新学过。"那身高八里的动物答道:"你长了胡子倒反愚昧无知,那也用不着你的灵魂在娘胎里那么博学。但是你所谓精神又是指的什么?"那推理家说:"你问什么?我完全不明白什么叫精神;

---

① 这句话的意思是,灵魂的原因就是灵魂本身,不需要另外的原因。这纯粹是形而上学的神秘论。

有人说那不是物质。"——"什么叫物质,你至少是明白的了?"——"那我清楚得很。比如说,这块石头是灰色的,是某种形态,有三度空间,有重量,可以分割。"天狼星人道:"这个你认为可分的,有重量的,灰色的东西,你能不能告诉我究竟是什么?你看到了一些属性,可是物体本身,你认识吗?"哲学家回答:"不认识。"——"那末你根本不知道何谓物质。"

小大人招呼另外一个被他放在大拇指上的哲人,问他灵魂是什么东西,做些什么。玛勒勃朗希派的哲学家回答:"我完全不知道。一切都是上帝替我代办的。上帝无所不包,无所不能;一切都归他安排,不用我过问。"天狼星人道:"那还不如没有你这个人。"他又问在场的一个莱布尼兹派学者:"朋友,你呢?你的灵魂是什么东西?"——"是一根指着时刻的针,我的肉体敲着钟点;也可以说我的灵魂敲着钟点,我的肉体指着时刻;也可以说我的灵魂是宇宙的镜子,我的肉体是镜子的边缘。这是很明白的。"

一个洛克派的小人物就在近旁;问到他的时候,他说:"我不知道我如何思想;只晓得我的思想是靠我的感官来的。我相信世界上有些无形而聪明的物体;但是说上帝不可能把思想传给物质,那我非常怀疑。我敬重神的威力,我无权加以限制；我什么都不敢肯定，只相信世界上可能的事比大家所想象的更多。"

天狼星上的动物笑了笑，觉得此人的智慧不比别人差；要不是身量的比例相差太大，土星上的矮子竟会拥抱那位洛克派的学者。不幸有个戴方帽子的微生物①，打断了全部哲学微生物的话，自称知道整个的秘密，说这秘密就在圣·多玛的《神学要义》之内；他把两位天上的居民从头到脚瞧了瞧，说他们两位，他们的世界，他们的太阳，他们的星球，完全是为了地球上的人而存在的。听了这话，两个旅客不由得扑在彼此身上，笑得上气不接下气。据荷马说，那种狂笑是神明所独有的。他们的肩膀和腹部一上一下的动个不停；这阵抽搐，使那条被天狼星人放在指甲上的船掉落在土星人的一只裤袋里。两人找了半天，终于寻到了船上的乘客，把他们恢复原状。天狼星人把那些小人放在手中，仍旧很和善的跟他们说话，虽则看到无穷小的东西有无穷大的骄傲，不免暗中着恼。他答应为他们写一部精彩的哲学书，特意写得极小，好让他们阅读；在那部书里，他们可以看到万物的终极。他动身之前果然给了他们这部

---

① 影射巴黎大学的神学博士。

书。船上的人带回巴黎,送交科学院;科学院的秘书打开一看,全是空白。"啊!"他说,"我早料到的。"

一个善良的婆罗门僧的

故事

我游历期间遇到一个婆罗门老僧,极其明理,极有才智,非常博学;并且家财富有,所以他更其明理;因为一无所缺,他不需要欺骗人。三位美丽的太太一心一意的讨他喜欢,把家管得很好;他不是跟太太们取乐,就是谈玄说理。

在他那所又美,又有陈设,又有可爱的园亭的屋子旁边,住着一个印度老婆子,顽固,愚蠢,而且很穷。

有一天婆罗门僧对我说:"我但愿没有生下来!"我问他缘故,他答道:"我研究了四十年学问,四十年光阴就是白费的;我教导别人,自己却一无所知;这个情形使我只觉得屈辱,厌恶,简直活不下去。我生在世上,一年一年活着,却不知什么叫做时间;我像我们的哲人说的,处在两个无穷之间的一个瞬间,而我对于无穷没一点儿概念;我这人是物质组成的;我能思想,可从来没研究出思想是如何产生的;我不知道我的悟性是不是身上一个简单的机能,像走路和肠胃的消化一样,也不知道我是否用头脑思索像用手拿东西一样。我不但茫然于思想的根源,便是我动作的根源也同样看不见;我不知道我为什么存在;可是人家天天问我这些事,非回答不可;我没有什么值得一说的,但我说了很多,过后只觉得惶恐与惭愧。

"更糟的是人家问我婆罗门神是不是维兹努神生的,或者问我这两个神是否都是永生的①。皇天在上,我实在一无所知,我回答人家的话就可证明。人家问我:'啊,大法师,告诉我怎么罪恶会泛滥全世界的?'我和问的人心里一样难受。有时我回答说,人生已经十全十美了;但在战争中倾家荡产,变了残废的人不信这话,我也不信。我躲在家里,又好奇又无知,苦闷不已。我看看古书,越看越糊涂。我和同道讨论:有的回答说应享受人生,不用管别人;有的自以为解事,发表一大堆荒谬的意见;这些都只有加增我的痛苦。以我毕生的研究,我还不知道自己是什么,从何处来,往何处去,将来变成什么;想到这点,有时我差不多绝望了。"

---

① 印度旧教(即婆罗门教)奉婆罗门为无始无终之神,维兹努为保育之神。

这个人的处境非常难过。他比谁都明理,老实。我觉得他越有智慧,越有感情,越是痛苦。

当天我遇到住在他贴邻的老婆子,问她有没有为了不知道她灵魂怎么形成而伤心。她根本不懂我的问话:婆罗门僧为之烦恼的许多问题,老婆子一辈子也没想过。她完全相信维兹努神的变化;只要恒河偶尔有些水给她洗个澡,她就自认为是世界上最快乐的女子。

我看了这可怜虫的幸福很惊奇,回去找我的哲学家,和他说:"你大门旁边就有一个痴呆的老婆子,一无所思而活得很快乐,你倒反苦恼不已,不觉得惭愧吗?"他答道:"你的话不错;我就对自己说过几百遍,要是我跟这个邻居一样愚蠢,我就快乐了,可是我不要这样的幸福。"

婆罗门僧这句回答,比其余的话对我印象更深;我反省了一下,觉得我也不愿意为了求幸福而成为痴愚。

我把这一点告诉一般哲学家。他们都同意。我说:"不过这想法有个极大的矛盾:我们究竟求什么?求幸福。聪明或愚蠢,有什么相干?再说,对自己的生活感到满足的人是确实满足的;理论家对自己的推理是否准确就不那么有把握了。那末明明是应当不要理性了,不管这理性给我们的祸害多么小。"

大家赞成我的话，可是没有一个人为了求快乐而肯做傻瓜。由此我断定，我们固然重视幸福，但更重视理智。

可是想了一会，又觉得爱理智甚于爱幸福就是大大的不合理。这矛盾怎么解释呢？和一切别的矛盾一样没法解释。提到这个，可说的话就多了。

白与黑

在康达哈省内，大家都知道青年罗斯当的奇遇。他是当地一个弥查的独养儿子；弥查的意思等于我们所谓侯爵，或是德国人所谓男爵。老弥查颇有家财。小弥查已经和一位小姐——也就是和他身份相仿的一个女弥查订婚。双方的家属都欢迎这头亲事。大家指望罗斯当能安慰双亲，使妻子快乐，他自己也和她一同快乐。

不幸罗斯当在喀布尔庙会上见到克什米尔公主。喀布尔庙会的规模是世界上最大的，来的人远过于巴斯拉和阿斯特拉罕两处的庙会。现在我们先说一说克什米尔老王为什么带着女儿来赶集的。

他失落了宝库中两件最稀罕的东西：一件是大如拇指的钻石，刻着他女儿的肖像；精巧的雕工只有当时的印度人才有，以后就失传了。另外一件是可以随心所欲，百发百中的标枪；

如今在我们国内不算希奇，但在当年的克什米尔却名贵得很。

一个御前的托钵僧偷了王上这两样宝贝，交给公主，说道："这两件东西与你命运有关，你得小心保存。"说完他走了，不知去向。克什米尔国王伤心透了，决意到喀布尔庙会上来看看，从世界各地来的商人中间可有人拿着他的钻石与武器。国王每次出门总带着女儿。女儿把钻石很紧密的藏在腰带中间；但标枪不能藏得这样妥当，便留在克什米尔，小心翼翼的锁在她的中国大保险箱内。

罗斯当和公主在喀布尔见了面；凭着青年的一片真诚和他们两国的人天生的热情，彼此爱上了。公主把钻石送给罗斯当，作为爱情的证物；罗斯当与公主分别的时候，答应私下到克什米尔去看她。

年轻的弥查有两个心腹，分掌秘书，马夫，总管和跟班的职使。一个叫黄玉，长得俊美，魁伟，像瑟卡喜女人一样白皙，像亚美尼亚人一样和顺，殷勤，像查拉图斯脱拉信徒一样谨慎。另外一个叫紫檀，是个挺好看的黑人，比黄玉会巴结，人也更灵巧，觉得样样事情都很容易。罗斯当把出门的计划告诉他们。黄玉竭力劝阻，态度就像一个不愿得罪主子的仆人，又热心，又婉转；他说出罗斯当所冒的危险："怎么可以使两家的人担忧呢；怎么可以把刀子扎入父母心中呢？"罗斯当动摇了；但紫檀把他所有的顾虑一扫而空，加强了他的决心。

年轻的弥查缺少盘川，不能做这样的长途旅行。谨慎的黄玉是不肯替他借钱的；紫檀却给他筹划好了。他很巧妙的拿了主人的钻石，叫人雕了一颗假的放在原处，把一颗真的向一个亚美尼亚人押了几千卢比。

弥查一有卢比，就万事齐备，可以动身了。行李让一只象驮着；人都上了马。黄玉对主人说："我曾经对您的计划大胆谏阻；但谏过以后应当服从；我是您的人，我喜欢您，您往天涯地角，我都跟着；可是我们在路上不妨求个签，神庙离这儿不过十多里。"罗斯当答应了。求得的签文是：若往东方，必至西方。罗斯当看了完全不解。黄玉断定不是好兆。紫檀始终迎合主人，要他相信签文非常吉利。

喀布尔还有一处求签的地方；他们去了。签文说的是：有者无；胜者败；罗斯当将非罗斯当。这一签似乎比上一签更难解了。黄玉说："得小心啊！"紫檀说："不用怕。"既然这仆人一味鼓动主人的情欲和希望，可知主人总是听信他的了。

出了喀布尔，走进一个大森林；大家坐在草地上预备用餐，马都放去吃草。正打算卸下象背上的餐具和食物，忽然发觉黄玉与紫檀不在队伍里了,他们便大声叫唤;林中只听见黄玉和紫檀两个名字。下人们到处寻找,一叠连声的叫着;可是影踪全无,也没有人回答。大家只得回来,报告罗斯当:"我们只看见一只鸢和一只鹰打架,把鹰的毛都啄完了。"罗斯当听了奇怪,走到那地方;谁知既没有鸢,也没有鹰,却看见他的象,身上还满载行李,被一头犀牛攻击。一个用角猛攻,一个用鼻子抵抗。犀牛一见罗斯当就跑了。可是象才牵回,马匹又不见了。罗斯当叫道:"啊!一出门,树林里怪事就多啦!"下人们愣住了;主人绝望了,他一下子丢了马匹,丢了他心爱的黑人,丢了明哲的黄玉;他对黄玉始终很有感情,虽然老是和他意见相左。

想到不久就有希望见到克什米尔公主,罗斯当心里安慰了些,不料又遇见一头浑身条纹的大驴子,被一个强壮而凶恶的乡下人拿棍子猛打。这是世界上最好看,最难得,跑路最轻快的一种驴子。它受了乡下人毒打,拼命往他身上撞,力气之大,可以把橡树都连根拔起。驴子长得这么可爱,年轻的弥查当然袒护它。乡下人一边逃一边对驴子说:"我不会放过你的。"驴子用驴子的语言谢了恩人,走近来让人抚摩,也跟人厮磨表示亲热。罗斯当吃过饭,骑上驴子,带着仆役上克什米尔;他们跟在后面，有的步行，有的骑在象上。

罗斯当才跨上驴背，驴子就不往克什米尔走而回头走向喀布尔。罗斯当拉着缰绳要它转身，抖动它的身子，用腿夹，用马刺踢，把缰绳松一下，紧一下，左一鞭，右一鞭，都没用；固执的牲口老是往喀布尔奔去。

罗斯当正在浑身大汗，手忙脚乱，又气又急的时候，碰到一个骆驼贩子，对他说："大爷，你的驴子刁猾得很，偏偏要带你到你不愿意去的地方；你要肯出让，我给你四匹骆驼，由你挑。"罗斯当感谢上天送他这样一注好买卖。他说："黄玉说我出门不利，真是胡扯。"他跨上一头最好看的骆驼，让其余三头跟着。他赶上大队，终于走上他的幸福之路。

才走了二十多里，罗斯当被一条又深又宽的急流阻住去路，水势猛烈，白沫从岩石中直泻下来。两岸是险恶的悬崖，叫人眼花缭乱，心惊胆战。没有办法过去，左右都无路可通。罗斯当说："我有点担心黄玉反对我旅行是对的，而我这回是不该出门的了。要是有他在身边，还能替我出些主意。要是紫檀在这儿，他就能安慰我，想出些办法来；可是两人都不在。"底下人的慌张使罗斯当愈加狼狈；夜深了，大家唉声叹气。疲劳跟失意终于把多情的游子催眠了。他天亮醒来，看到急流两岸有了一座宏丽的白石大桥。

惊叹声，诧异声，欢呼声，顿时闹成一片："怎么会的？莫非做梦吧？多神奇！多妙啊！咱们敢过去吗？"大队的人都跪下去，爬起来，走上桥，吻着地，望着天，伸着手，两脚哆嗦着踏下去，走过去，走回来，出神了。罗斯当叫道："这一回，上天可降福于我了：黄玉简直是胡说；签文原是吉利的，紫檀说得不错，可是他为什么不在这儿呢？"

人马才到了对岸，桥就坍下来沉在水里，声震天地。罗斯当叫道："好极了，好极了！谢谢上帝！谢谢上天！他不愿意我回本土去只做一个普通的乡绅，他要我和爱人结婚。将来我是克什米尔的国王；一朝得了情人，我就失掉康达哈省的小封地；一朝做了大国之君，我罗斯当也不再是罗斯当。签文大半已经证明对我有利，其余的将来也会同样的应验。我太幸福了。可是为什么紫檀不在我身边呢？我想念紫檀比想念黄玉不知超过多少倍。"

罗斯当兴高采烈的走了几十里。傍晚时分，一带崇山峻岭拦住了队伍的去路，把他们吓坏了：那些山比壕沟外面的护墙还要陡，比巴别塔还要高，假如这塔造成的话。

众人一齐喊着："原来上帝要我们死在这里；他毁掉桥，

为的是断绝我们回去的希望；他立这座山，为的是不让我们向前。噢，罗斯当！噢，惹祸招殃的弥查！咱们永远见不到克什米尔，也永远回不到康达哈家乡了。"

最剧烈的痛苦和最难堪的失意，在罗斯当心中代替了早先的狂喜和用来陶醉自己的希望。他再也不想把签文的预言看做吉利了。"噢，天！噢，上帝！我的朋友黄玉怎么会不见的呢？"

他正在灰心绝望的仆人中间长吁短叹，说这些话，没想到山脚下忽然开裂，出现一条穹窿形的长廊，点着成千成万的火炬，照得人眼睛都花了。罗斯当嚷着；仆人们跪在地下，诧异得往后翻倒，一叠连声的叫奇迹，还说："罗斯当是维兹努神的宠儿，婆罗门神的爱徒；将来一定是世界之主。"罗斯当信以为真，兴奋若狂，被他们捧到了云端里。"啊！紫檀，亲爱的紫檀！你在哪儿呢？怎么不来瞧瞧这些奇迹？我怎么会把你丢了的呢？美丽的克什米尔公主，我什么时候能欣赏你迷人的风韵呢？"

罗斯当带着仆人，象，骆驼，在隧道中前进。隧道尽头是一片鲜花遍地，小溪环绕的草原；走完草原是几条林荫道，密林丛树，一望无际；走道尽头有一条河，河边的别庄不计其数，都附有美丽的花园。罗斯当到处听见唱歌与音乐的声音，看见人家跳舞。他急急忙忙从一座桥上过去，遇到人就问这个美丽的乡土是什么地方。

被他问到的人回答说："你是到了克什米尔省。你瞧，居民欢天喜地，都在那里作乐。美丽的公主要结婚了，我们为她举行庆祝。她的父亲把她许给巴巴布大人；但愿上帝赐他们永远幸福！"罗斯当听了这话，马上晕倒；克什米尔绅士以为他有癫痫病，叫人抬进房子；罗斯当直有半晌不醒。主人请了本乡两位最有本领的医生，按了脉；病人清醒了些，嚎了几声，眼睛骨碌碌的打转，不时叫着："黄玉啊黄玉！你的话果然不错！"

两个医生中的一个对克什米尔绅士说："听他口音，是个康达哈省的青年；这里的水土与他不合；我看他眼睛，他已经疯了。还是交给我，让我送他回乡，一定能把他治好。"另外一个医生断定他只是忧伤成疾，应该带他去参观公主的婚礼，叫他跳舞。他们诊断未毕，病人已经恢复精力；两个医生都被打发，只剩下罗斯当和他的主人。

罗斯当说道："大人，我在您面前晕倒，非常失礼，敬请原谅。为了感谢阁下盛意，我求您收下我的象。"他把所有的遭遇说了一遍,却不提旅行的目的。"可是,"他对主人道,"请你看在维兹努神和婆罗门神面上,告诉我那位有福气娶克什米尔公主的巴巴布是什么人,为什么公主的父亲挑他做女婿,为什么公主肯接受他做丈夫?"克什米尔人答道:"大人,公主并没接受巴巴布;正是相反,全省的人都在高高兴兴的庆祝她的婚礼,她却哭哭啼啼,躲在宫中一座塔里;为她安排的节目,她一个都不愿意看。"罗斯当听着,觉得自己又活过来了;为了痛苦而消退的血色,又在脸上出现了。他说:"请您告诉我,为什么克什米尔国王执意要女儿嫁给一个她不愿意嫁的人?"

"事情是这样的,"克什米尔人回答。"你可知道,我们尊严的国王丢了他最喜爱的一颗钻石和一支标枪吗?"罗斯当说:"我知道。"主人说:"那末告诉你,国王在世界各处寻访多时,得不到两件宝物的消息;他急坏了,宣布不管是谁,只要能把两件宝贝送回一件,就把公主嫁给他。结果来了一位叫做巴巴布的绅士,带着一颗钻石,所以他明天就要和公主成婚。"

罗斯当脸色惨白,结结巴巴说了句道谢的话,辞别主人,跨上单峰骆驼,赶往举行婚礼的京城。他到王宫去,说有要事报告,求见国王。门上回答说国王忙着筹备婚礼。罗斯当说:

"我就为这件事来的。"他一再催促,居然被引见了。他说:"殿下,但愿上帝赐您荣耀终身,显赫一世!不过殿下的女婿是个骗子。"

"怎么是骗子?你好大胆子,对克什米尔国王居然敢用这种口气说他选中的驸马!"

罗斯当答道:"不错的,是骗子;为了向殿下证明,我把殿下的钻石带来了。"

国王大吃一惊,拿两颗钻石比了一比,但他是外行,说不出哪一颗是真的。他道:"钻石有了两颗,女儿只有一个;我可是为难啦!"他把巴巴布召来,问他是否欺骗。巴巴布指天誓日,说他的钻石是向一个亚美尼亚人买的;罗斯当不肯说出他的一颗是谁给的,但是提出一个办法:要求国王准许他跟对方当场比武。他说:"要做驸马,仅仅拿出一颗钻石是不够的,还得证明他的武勇。让杀死对方的人和公主结婚,不知殿下以为如何?"国王答道:"好极了;宫中也可热闹一番。你们俩赶快比吧;照克什米尔的规矩,得胜的人可以拿打败的人的盔甲穿在自己身上;并且我让他和公主结婚。"

两个候选人立刻步下庭中。楼梯上有一只喜鹊,一只乌鸦。乌鸦叫道:"你们打吧,打吧。"喜鹊叫道:"你们别打呀,别打呀。"国王听着笑了。两个选手不大在意。他们开始搏斗；所有的朝臣在四周团团围着。公主始终躲在塔内，不愿意出来观看；她万万想不到她的情人到了克什米尔，她只痛恨巴巴布，什么都不要看。搏斗非常精彩；突然之间巴巴布被杀死了。群众十分高兴；因为巴巴布长得丑，罗斯当长得美；群众的好感差不多老是这样决定的。

得胜的罗斯当把巴巴布的锁子甲，披肩，头盔，披戴在自己身上，在号角声中走到情人窗下，宫里的人都跟在他后面。大家喊着："美丽的公主，快来看你的漂亮丈夫，他把他难看的情敌杀死了。"公主的女侍也这样嚷着。不幸公主在窗口探了探头，一见她厌恶的男人的盔甲，气愤交加，马上拿出中国保险箱内那支该死的标枪，射进战袍的隙缝，刺中了她心爱的罗斯当。他大叫一声，公主听了，才认出是她情人的声音。

她披头散发的奔下来，面如死灰，悲痛欲绝。罗斯当血淋淋的倒在她父亲怀里。公主一看，果然是他。噢！那个时候！那个景象！还有那一认之下的那种无法形容的痛苦，柔情，恐怖！她扑在罗斯当身上，把他拥抱着说道："这是你的情人和凶手给你的第一个吻，也是最后一个亲吻。"她从罗斯当的伤口中拔出枪尖，刺入自己的心窝，当场死在心爱的情人身上。

父亲吓得魂不附体，恨不得像女儿一样的死掉；他想救活她，可是没有，她已经死了。国王咒骂那支不祥的标枪，把它折成几段；两颗不吉的钻石也给扔了。大家把公主的喜事改办丧事；国王叫人把鲜血淋漓而还没断气的罗斯当抬进宫去。

　　罗斯当被放在一张床上。在这张临终的寝床旁边，他第一眼就看到黄玉和紫檀。因为惊奇，他倒有了些力气；他说："啊！你们两个狠心的东西！为什么把我丢下呢？要是你们留在不幸的罗斯当身边，也许公主不会死了。"黄玉道："我一刻都没离开你。"紫檀道："我一向在你身边。"罗斯当声音有气无力的说道："唉！你们说什么？我快死了，干么还欺侮我呢？"黄玉道："是真的啊；你知道我一向不赞成你的旅行，悲惨的结果我是早料到的。我就是那只跟鹫搏斗的鹰，把毛都掉完了；我就是那只象，带着你的行李走开，想强迫你回转家乡；是我叫你的马迷路的，是我变做一头浑身条纹的驴子，逆着你的意思想带你回父亲家去的；我造成急流，使你过不去；我又堆起高山，阻止你走上如此险恶的路；我是说你家乡的水土对你是更好的医生；我是对你嚷着，叫你不要格斗的喜鹊。"紫檀道："我吗，我是啄去老鹰羽毛的鹫，我是用角攻击象的犀牛，我是鞭打驴子的乡下人，我是给你骆驼，使你幸福的商贩；

我造了那座你走过的桥;我掘了那条你穿过的隧道;我是鼓励你向前进发的医生;我是叫你格斗的乌鸦。"

黄玉道:"唉!你该记得签文:若往东方,必至西方。"紫檀道:"对啊,这儿埋葬死人是把脸向着西方的:签文很明白,你怎么不解呢?有者无,因为你有的是钻石,但是假的,而你完全不知道。你得胜了,可是你要死了;你是罗斯当,可是你就要离开人世;每句话都应验了。"

他这么说着,黄玉长出四个白翅膀盖住了身子;四个黑翅膀盖住了紫檀的身子。罗斯当叫道:"怎么回事啊?"黄玉和紫檀一齐回答:"我们是你两个随身的神道。"不幸的罗斯当道:"哎,先生们,你们管什么的,一个可怜的人为什么要有两个神道?"黄玉道:"这是规矩如此,每个人都有两个神;最早是柏拉图说的,以后别人也说过:可见是千真万确的了。我是你的善神,职司是守护到你生命的最后一刻;我已经很忠实的尽了我的责任。"快死的罗斯当说道:"如果你的职司是保卫我,足见我的身份比你高得多;可是你让我做一件事吃一次亏,还让我和情人死得这么惨,怎么你还敢说是我的善神呢?"黄玉道:"唉!那是你命该如此。"快死的罗斯当道:"既然一切都操在命运手里,还要善神干什么?而你,紫檀,看你四个黑翅膀,你准是我的恶煞了?"紫檀回答:"一点不错。"——"那末你也是我公主的恶煞了?"——"不,她有她的恶煞;我尽量帮了她的忙。"——"啊,可恶的紫檀,既然你这般凶恶,大概你跟黄玉不是属于一个主人的了?你们俩是两个来源,一个是善的,一个天生是恶的,是不是?"紫檀道:"不能这样说,这是一个很难解释的问题。"垂死的人说:"造善神的不可能同时造出一个这样的恶煞。"紫檀答道:"可能也罢,不可能也罢,事情就像我告诉你的。"黄玉道:"唉,可怜的朋友,你不看见这坏东西还在捣鬼,跟你争辩,惹动你肝火,要你快死吗?"伤心的罗斯当回答:"去你的罢,我对你并不比对他更满意;他至少承认要害我;你自称要保护我,却对我一无用处。"善神道:"我觉得很难过。"垂死的人说:"我也很难过;其中真有点儿事叫我弄不明白。""我也不明白,"可怜的善神说。"等会儿我可以知道了,"罗斯当说。"还不一定呢,"黄玉回答。于是一切都不见了。罗斯当仍旧在父亲家里,根本没有出过门;他躺在床上,才不过睡了一个钟点。

他浑身大汗,失魂落魄的惊醒过来,用手四下里摸着,叫着,嚷着,按了铃。贴身当差黄玉戴着睡帽,打着呵欠赶来。罗斯当叫道:"我是死了还是活着?美丽的克什米尔公主有没有逃出性命？……"黄玉冷冷的答道："大爷莫非做梦吧？"

"啊！"罗斯当嚷道，"那狠心的紫檀，长着四个黑翅膀，他怎么啦？就是他害我死得这么惨的。"——"大爷，我下来的时候，他还在打鼾；要不要叫他来？"——"混账东西！他折磨了我整整六个月；带我上该死的喀布尔庙会的是他；偷公主给我的钻石的也是他；我的旅行，我的公主的死，我年纪轻轻中了标枪送命，都是他一手造成的。"

黄玉道："您放心；您从来没有到喀布尔去；也没有什么克什米尔公主；她的父亲只生两个儿子，都在学校念书。您从来不曾有过钻石；公主也不会死，因为她没有生下来，而您也是身体挺好的。"

"怎么！我躺在克什米尔国王床上，你在旁送终，难道没有这回事吗？你不是告诉我，为了免得我受那么多灾难，你先后变做老鹰，象，驴子，医生和喜鹊吗？"——"大爷，这都是您做梦。我们对自己的思想，睡着不比醒着更做得了主。上帝要这些念头打你脑子里过，准是给你一些教训，让你得益的。"

罗斯当回答："你这是取笑我了；我睡了多久啦？"——"大爷只睡了一个钟点。"——"哎！你这不是胡扯吗！一个钟点之内,怎么我能在六个月以前上喀布尔庙会,从那儿回来,出门往克什米尔?我,巴巴布,克什米尔公主,又怎么能一齐死掉?"——"大爷,这有什么难,有什么希奇?哪怕时间再短些,您照样能环绕地球一周,碰到更多的奇事。您不是能在一小时之内,把查拉图斯脱拉写的《波斯史》念完它的纲要吗?那纲要就包括八十万年。那些史迹在一小时之内一件一件在您面前搬演;而您也会承认,把这些事挤在一小时之内也好,拉长为八十万年也好,在婆罗门神是同样的容易。那根本没有分别。您不妨想象时间在一个直径无穷大的轮子上转动。在这巨大无边的轮子底下,还有无数的轮子,一个套一个;中心的轮子小得看不见;大轮子转动一次,中心的小轮子不知要转动多少次。显而易见,从开天辟地到世界末日的全部事情,尽可在不到一秒的十万分之一的时间之内陆续发生;可以说天下的事就是这样的。"

罗斯当道:"你的话,我一点都不懂。"黄玉道:"我有只鹦鹉,它能够使你很容易的明白这个道理。它生在洪水以前,坐过挪亚的方舟,见的事很多;但年龄只有一岁半。它可以把它很有趣的故事讲给你听。"

罗斯当道:"快快把你的鹦鹉找来;趁我还没睡着,让我消遣一下。"黄玉道："鹦鹉在我当女修士的姊姊那里；我去拿来，包您满意。它的记忆很真实，故事讲得很朴素，决不随便卖弄才情，咬文嚼字。"罗斯当道："好极了，我就是喜欢这样的故事。"黄玉把鹦鹉带来了，鹦鹉便说出下面一番话。

［附注］凯塞琳·华台小姐，在她亡故的堂兄——这篇小说的作者——安多纳·华台的文件夹中，始终找不到鹦鹉的故事。以鹦鹉生存的时间来说，那是非常可惜的。

耶诺与高兰

奥凡涅省的伊索阿城是以它的学校和锅子闻名世界的。城中有好几个信实可靠的人都看见过耶诺与高兰在学校里念书。耶诺是个很有名的骡子商的儿子；高兰的父亲是个老实的庄稼人，在附近乡下靠着四头骡子种田；他把田赋，附加田赋，间接税，盐税，二厘捐，人头税，二厘收入附加税，一齐付清之后，到年终并不怎么富有了。

以奥凡涅人而论，耶诺与高兰是长得很美的。两人挺要好，颇有些亲密的与温存的小举动，以后在社会上重新见面的时候，回想起来是很愉快的。

他们的学业快要完了，一个裁缝给耶诺送来一套三色丝绒衣服，一件式样大方的丝织品外套，还附一封给特·拉·耶诺蒂埃先生的信。高兰看了衣服很赞赏，并不嫉妒；耶诺却神气俨然，使高兰很难过。从此耶诺不再用功，只管照着镜子，瞧不起所有的人。过了一些时候,一个当差坐着驿车,又送一封信给特·拉·耶诺蒂埃侯爵;那是他令尊大人的手训,要儿子上巴黎去。耶诺坐上包车,堆着一付高傲的笑容,伸手给高兰。高兰觉得自己一文不值,哭了。耶诺耀武扬威,前呼后拥的走了。

　　读者若要知道底细,不妨听我解释:耶诺的令尊大人在生意上很快的攒了一笔钱。你们一定要问偌大财产怎么得来的。那是因为他运气好。耶诺先生长得一表人才,他太太也是的,而且皮肤还娇嫩。他们俩为了一桩官司到巴黎去,损失不赀;不料那个随心所欲把人拉上推下的命运,让他们见到了一位太太。太太的丈夫承包军医院的生意,才能出众,可以夸口说一句,一年之中由他送命的士兵比十年中大炮轰死的还要多。耶诺得了那位太太的欢心,耶诺女人得了那位先生的欢心。不久耶诺在承包的生意上搭了股份,又经营其他的买卖。一朝遇到顺水,只消听其自然;你轻而易举就能挣起一份很大的家私。穷光蛋在岸上看着你一帆风顺,奇怪得睁大了眼睛;他们不懂你怎么成功的,只会莫名其妙的嫉妒,写几本你不会看的小册子攻击你。耶诺父亲的遭遇就是这么回事。他不久成为特·拉·耶诺蒂埃先生,半年之后买进一个侯爵的封地,便把他的公子小爵爷接出学校，要他在巴黎的上流社会中出头露面。

高兰始终很多情，给老同学写了封祝贺的信，说是专诚向他道喜。小侯爵没有答复。高兰伤心得不得了。

父亲母亲先给年轻的侯爵请了一位教师，教师气宇轩昂，一窍不通，什么都不会教。侯爵要儿子学拉丁文，侯爵夫人反对。他们请一位作家做评判，邀他吃饭；他在当时是以作品轻松可喜出名的。主人开言道："先生，你懂得拉丁文，又是个出入宫廷的人……"那才子回答："什么，先生？我懂拉丁文？我一字不识，结果倒反更好：不为外国文分心，自然本国话讲得更高明。你瞧所有咱们的女太太，她们的才情比男人的可爱，写的信也风趣百倍；她们在这方面胜过我们，就因为她们不懂拉丁文。"

耶诺太太道："你瞧，我可没有说错吧？我要儿子做一个才子，在交际场中出人头地；他要懂了拉丁文，不就完啦？请问喜剧歌剧可是用拉丁文上演的？打官司可是用拉丁文辩护的？谈情说爱用拉丁文吗？"爵爷被这些理由唬住了，便同意太太的断语，决定不让小爵爷浪费光阴去念什么西塞罗，荷拉斯，维吉尔。那末他学什么呢？总得知道些东西才好啊；可不可以教他一点地理呢？教师回答："那有什么用？将来爵爷到封地上去,难道马夫不认得路吗?他们不会让他迷路的。一个人出门,用不到带四分仪;不知道经纬度,你照样能够很方便的从巴黎到奥凡涅。"

父亲道:"一点不错;可是听说有一门奇妙的学问,叫做什么天文学。"教师抢着说:"哎哟!那才笑话呢!我们立身处世可是依靠星球的?难道要小爵爷累坏身子去计算日蚀吗?那只要打开历本一翻就得了;除此以外,历本还能告诉他流动节日①,告诉他月球的年龄和欧洲所有的公主的年龄。"

夫人完全赞成教师的意见。小爵爷快活极了;父亲却踌躇不决,说道:"那末我儿子学些什么好呢?"请来指导的朋友说:"最要紧是讨人喜欢;懂得了讨好的诀窍,就一通百通;这本领,他可以向他令堂大人学,而且先生学生都不用费一点儿力气。"

夫人听了这话,把那殷勤的草包拥抱了,说道:"先生,你真是一个最博学的交际大家;小儿的全部教育都亏了你。不过我觉得他知道点儿历史也不坏。"客人回答:"唉!太太,

---

① 基督教的复活节是不定期的,凡以复活节为准的其他宗教节日,均称为流动节日。

那有什么用呢？有趣而有用的，只限于时下的新闻。一切古代史，就像我们的一些才子说的，不过是大家心照不宣的谎话；至于近代史，那是一篇糊涂账，谁也弄不清。查里曼大帝封了法国十二诸侯，他的继承人是个口吃的人等等，跟令郎有什么相干？"

教师嚷道："这话说得再好没有！大家把一大堆无用的学问阻塞儿童的聪明；但是在我看来，一切学科中最荒谬而最容易摧残天才的，是几何学。这门可笑的科学研究面积，研究线，研究点，都是自然界中没有的东西。我们要在脑子里想象成千成万条曲线穿过一个圆周，同时穿过一条与圆周相交的直线；事实上，那圆周连一根草都穿不过。所以几何学只是一种恶作剧。"

先生和太太听着教师的话不甚了了，但完全同意。

教师又道："一个像侯爵这样的贵人，不该为了这些空洞无用的学问用枯心血。有朝一日，他需要一个高明的几何学家替他画一张地产的图样，只要花点钱叫人测量。若要弄清楚他年代久远的家谱，他只消找一个本多会修士。一切艺术都可以这样解决。一个生来有福的青年爵爷不是画家，不是音乐家，不是建筑师，不是雕塑家；他只用他的财富来提倡这些艺术，使它们发扬光大。提倡艺术当然比自己动手好;小爵爷只要能鉴别;工作自有艺术家替他做。大家说得一点不错,贵人(我的意思是指有钱的人)无须学习而无所不知;因为你出了钱叫人做这样做那样,久而久之对那些东西自然能鉴别。"

那殷勤的草包接着说:"太太,你刚才说得很对,人生最大的目的无非要在社会上得意。老实说,一个人得意可是靠学问的?交际场中,谁谈论几何学?谁会向一个上流人物打听,今天哪颗星和太阳同时升起?在饭桌上可有人问到长发格劳第翁[①]有没有度过莱茵河?"——"当然不会,"特·拉·耶诺蒂埃侯爵夫人高声回答;她靠她的姿色曾经在交际场中露过几次面。"我家公子绝不能研究这些乱七八糟的东西,把他的天才熄灭了。可是我们究竟教他什么呢?因为一个年轻的爵爷,像我丈夫说的,有时能显显才学总是好的。记得一个神甫说过,最有意思的学问是……名字我忘了,只记得是 B 字打头的。"——"B 字打头吗,太太?是不是植物学?"——"他说的不是植物学,开头是个 B,结尾是 ON。"——"啊!我知道了,太太;是徽章学;的确那是一门很高深的科学;但自

---

① 格劳第翁为五世纪时法郎克族一个部落的领袖,外号"长发"。

从车门上不漆爵徽以后，徽章学已经不时行了；在一个上轨道的国家，那是最有用不过的知识。并且那学科将来是研究不完的；今日之下，没有一个理发匠没有徽章；而你知道，凡是变成通俗的东西就没人看重。"最后，把各种学问的长处短处仔细较量过了，决定让侯爵学跳舞。

无所不能的造化给小爵爷生就一付本领，发展之下，不久便成绩斐然：他能够把通俗戏剧唱得很动听。大家看他年少风流，又加上这了不起的天赋，认为他前程远大。女人都喜欢他。他满脑子都是流行小调，为情妇们编了几支。他东抄西袭：几出通俗戏里的小调，什么酒神与爱神，什么日与夜，什么迷人的风韵与惊恐，都被他偷过来了；但总有几句歌辞的韵押得不稳，只能每支花二十金路易请人修改。《文学年鉴》上登了他的名字，和拉·发尔，旭里欧，汉弥尔登，萨拉查，伏阿丢等等排在一起。

于是侯爵夫人自以为大才子的母亲，请巴黎一般大才子吃饭。年轻爵爷的头脑不久给搅糊涂了：他学会了一套胡诌的本领，越来越一无所用。父亲看他能言善辩，深悔没有教他学拉丁文，不能替他买一个大法官的缺。母亲志趣更高尚，想给儿子谋一个带领师团的职位。儿子一边候缺一边谈情说爱。爱情的代价有时比一个师团还要贵。小爵爷花了很多钱,但他父母更是尽量挥霍,排场跟王爷一样。

他们有个邻居是个有身份的寡妇,家道平常;为了替特·拉·耶诺蒂埃先生太太保住偌大财产,想嫁给小侯爵,把产业拿过来。她把小爵爷引到家里,让他爱着,自己也表示并不冷淡,慢慢的操纵他,让他入迷,毫不费事的把他收伏了。她对小爵爷有时恭维,有时劝告;跟他的父母成为最知己的朋友。一个邻居的老婆子出面做媒;父母震于这门亲事的光辉,欢天喜地的答应了;他们把独养儿子给了他们的好朋友。年轻的侯爵要娶一个他心爱而也爱他的女子了;家里的朋友们向他道贺,大家忙着起草婚书的条款,预备祝贺的诗歌和结婚的礼服。

由于相敬相爱和友好的感情,小爵爷快要娶上一个可爱的妻子了。有一天,他拜倒在未婚妻脚下;在又温柔又兴奋的谈话中,两人享受着幸福的第一批果实,为将来的美满生活做种种打算,不料母亲大人的跟班慌慌张张赶来,说道:"不好了,衙门里的公差把老爷太太的屋子搬空了;债主把什么都拿走了,还说要逮捕人呢;我得多多费点心,免得工钱落空。"侯爵说:"喂,什么事?这算哪一门呀?"寡妇道:"对啦,你得治治那些流氓,赶快去吧。"他奔回去,到了家里,父亲已经下狱;用人都四散奔逃,尽量把屋里的东西拿走。只有母亲一人在家,没有人帮助,没有人安慰,哭得死去活来;她一无所有了,只剩下一些回忆,关于过去的财富,美貌,过失和挥霍的回忆。

儿子陪着母亲哭了半日,说道:"咱们别灰心;那青年寡妇一片痴心的爱着我;她量气比财产还大,我敢担保。我马上赶去,带她来看你。"他回到情人家,看见情人陪着一个挺可爱的青年军官促膝谈心。——"怎么,是你,特·拉·耶诺蒂埃先生?你来干什么?怎么可以这样的丢下母亲呢?快点去陪那可怜的女人;告诉她,我对她始终怀着好意:我要雇一个老妈子,我尽先雇她就是了。"军官道:"小伙子,我看你长得还不差;要是愿意进我部队,包你待遇很好。"

侯爵大吃一惊,气愤交加,去找他以前的教师,向他诉苦,要他出个主意。他劝侯爵跟他一样教小孩子。"唉!我一无所知,你什么都没教我,你就是我倒楣的祸根。"侯爵说着,嚎啕大哭。在场有位才子,对他说:"你还是写小说吧;在巴黎,这是一条很好的出路。"

青年灰心透了,跑去见他母亲的忏悔师:那是个极有声望的丹阿德会修士,只指导一般最有地位的妇女的。他一见小爵爷,立刻迎上来,说道:"哎,我的上帝!你的车在哪儿,侯爵?令堂大人可好?"可怜虫说出家中的祸事;丹阿德会修士一边听,一边脸色变了,越来越正经,越冷淡,越威严:"孩子,这是上帝的意思,财富只能败坏人心。上帝真的赐福于你母亲,叫她一贫如洗了吗?"——"是的,先生。"——"那再好没有;她的灵魂一定得救了。"——"可是神甫,眼前我们还得活着,难道没有办法得到一些帮助吗?"——"再见,孩子,宫里有位太太等着我呢。"

侯爵几乎晕过去;所有的朋友对他都差不多一样。他半天工夫懂得的人情世故,比一辈子懂的还要多。

他正垂头丧气,忽然看见来了一辆古式的车子,好似有顶的货车,挂着皮幕,后面跟着四辆装得满满的大车。前面的车上有个穿着粗布衣服的青年,圆圆的脸蛋,血色很好,神气又和善又快活;他的小媳妇儿长着棕色头发,虽然粗俗,却也讨人喜欢;她身子摇来晃去的坐在丈夫旁边。这种车不像漂亮哥儿的车走得快,坐车的人尽有时间打量那个呆着不动,苦恼万分的侯爵。"哎!天哪!"车中的人叫起来,"这不是耶诺吗?"侯爵听见叫他名字,抬起头来;车也停下了。"是耶诺,是耶诺。"那小家伙说着,跳下车厢,奔过来拥抱他的老同学。耶诺认得是高兰,不禁满脸羞惭,掉下泪来。高兰说道:"啊,你把我丢了;不过尽管你是王孙公子,我还是喜欢你的。"耶诺又惭愧又感动,哭着把经过情形说了一些。高兰道:"其余的话,到我客店去说;先来见见我的女人;咱们一起吃饭罢。"

他们三个一路走着,行李跟在后面。——"这一大堆是什么东西?是你的吗?"——"是的,是我跟我女人的。我们从本乡来。我开着一家铜铁厂。我岳父是个有钱的商人,他的买卖是大家小户都需要的日用器具;我们工作很忙。一切都靠上帝照应。我们没有改变身份,觉得很快活;我们可以帮助我们的朋友耶诺。你别再当什么侯爵了;世界上所有的荣华富贵不如一个好朋友。跟我回乡,我来教你做买卖,也不怎么难;你可以搭股份,让咱们在出生的地面上快快活活的过一辈子罢。"

耶诺兴奋得不得了,觉得悲痛和快乐,惭愧和温情,把他的心分做了两半。他轻轻的自言自语,说道:"所有的漂亮朋友都不认我了,只有我瞧不起的高兰一个人来帮助我。这教训可了不得!"看了高兰为人厚道,耶诺天性中还没有被社会摧残掉的善良的根苗,也跟着生长起来。他觉得不能丢下父母不管。高兰道:"我们一定照顾你母亲;至于你那位坐监的老子，我也懂得些生意上的门道；债主们看他一无所有，只要能收回一点就肯了结的；一切都交给我罢。"高兰想尽办法，把耶诺的父亲救出了监狱。耶诺跟着父母回乡。父母重操旧业。耶诺娶了高兰的一个妹妹，她和她的哥哥性情一样，使丈夫日子过得很快活。而耶诺的父亲，母亲，和耶诺本人，也都看清了虚荣并不能使人幸福。

附 录

翻译经验点滴

　　《文艺报》编辑部要我谈谈翻译问题，把我难住了，多少年来多少人要我谈，我都婉词谢绝，因为有顾虑。谈翻译界现状吧，怕估计形势不足，倒反犯了自高自大的嫌疑；一九五四年翻译会议前，向领导提过一份意见书，也是奉领导之命写的，曾经引起不少人的情绪，一之为甚，岂可再乎？谈理论吧，浅的大家都知道，不必浪费笔墨；谈得深入一些吧，个个人敝帚自珍，即使展开论战，最后也很容易抬出见仁见智的话，不了了之。而且翻译重在实践，我就一向以眼高手低为苦。文艺理论家不大能兼作诗人或小说家，翻译工作也不例外；曾经见过一些人写翻译理论，头头是道，非常中肯，译的东西却不高明

附 录

得很，我常引以为戒。不得已，谈一些点点滴滴的经验吧。

我有个缺点：把什么事看得千难万难，保守思想很重，不必说出版社指定的书，我不敢担承，便是自己喜爱的作品也要踌躇再三。一九三八年译《嘉尔曼》，事先畏缩了很久，一九五四年译《老实人》，足足考虑了一年不敢动笔，直到试译了万把字，才通知出版社。至于巴尔扎克，更是远在一九三八年就开始打主意的。

我这样的踌躇当然有思想根源。第一，由于我热爱文艺，视文艺工作为崇高神圣的事业，不但把损害艺术品看作像歪曲真理一样严重，并且介绍一件艺术品不能还它一件艺术品，就觉得不能容忍，所以态度不知不觉地变得特别郑重，思想变得很保守。译者不深刻地理解、体会与感受原作，决不可能叫读者理解、体会与感受。而每个人的理解、体会和感受，又受着性格的限制。选择原作好比交朋友：有的人始终与我格格不入，那就不必勉强；有的人与我一见如故，甚至相见恨晚。但即使对一见如故的朋友，也非一朝一夕所能真切了解。想译一部喜欢的作品要读到四遍五遍，才能把情节、故事，记得烂熟，分析彻底，人物历历如在目前。隐藏在字里行间的微言大义也能慢慢咂摸出来。但做了这些功夫是不是翻译的条件就具备了呢？不。因为翻译作品不仅仅在于了解与体会，还需要进一步把我所了解的，体会的，又忠实又动人地表达出来。两个性格相反的人成为知己的例子并不少，古语所谓刚柔相济，相反相成；喜爱一部与自己的气质迥不相侔的作品也很可能，但要表达这样的作品等于要脱胎换骨，变作与我性情脾气差别很大，或竟相反的另一个人。倘若明知原作者的气质与我的各走极端，那倒好办，不译就是了。无奈大多数的情形是双方的精神距离并不很明确，我的风格能否适应原作的风格，一时也摸不清。了解对方固然难，了解自己也不容易。比如我有幽默感而没写过幽默文章，有正义感而没写过匕首一般的杂文；面对着服尔德那种句句辛辣、字字尖刻，而又笔致清淡、干净素雅的寓言体小说，叫我怎能不逡巡畏缩，试过方知呢？《老实人》的译文前后改过八道，原作的精神究竟传出多少还是没有把握。

因此，我深深地感到：（一）从文学的类别来说，译书要认清自己的所短所长，不善于说理的人不必勉强译理论书，不会作诗的人千万不要译诗，弄得不仅诗意全无，连散文都不像，用哈哈镜介绍作品，无异自甘做文艺的罪人。（二）从文学的派别来说，我们得弄清楚自己最适宜于哪一派：浪漫派还是古典派？写实派还是现代派？每一派中又是哪几个作家？同一作家又是哪几部作品？我们的界限与适应力（幅度）只能在实践中见分晓。勉强不来的，即使试译了几万字，也得"报废"，毫不可惜；能适应的还须格外加工。测验"适应"与否的第一个尺度，是对原作是否热爱，因为感情与了解是互为因果的；第二个尺度是我们的艺术眼光，没有相当的识见，很可能自以为适应，而实际只是一厢情愿。

使我郑重将事的第二个原因，是学识不足，修养不够。虽然我趣味比较广，治学比较杂，但杂而不精，什么都是一知半解，不派正用。文学既以整个社会整个人为对象，自然牵涉到政治、经济、哲学、科学、历史、绘画、雕塑、建筑、音乐，以至天文地理、医卜星相，无所不包。有些疑难，便是驰书国外找到了专家说明，因为国情不同，习俗不同，日常生活的用具不同，自己懂了仍不能使读者懂。（像巴尔扎克那种工笔画，主人翁住的屋子，不是先画一张草图，情节就不容易理解清楚。）

琢磨文字的那部分工作尤其使我长年感到苦闷。中国人的思想方式和西方人的距离多么远。他们喜欢抽象，长于分析；我们喜欢具体，长于综合。要不在精神上彻底融化，光是硬生生地照字面搬过来，不但原文完全丧失了美感，连意义都晦涩难解，教读者莫名其妙。这不过是求其达意，还没有谈到风格呢。原文的风格不论怎么样，总是统一的，完整的；译文当然不能支离破碎。可是我们的语言还在成长的阶段，没有定形，没有准则；另一方面，规范化是文艺的大敌。我们有时需要用文言，但文言在译文中是否水乳交融便是问题；我重译《克利斯朵夫》的动机，除了改正错误，主要是因为初译本运用文言的方式，使译文的风格驳杂不纯。方言有时也得用，但太浓厚的中国地方色彩会妨碍原作的地方色彩。纯粹用普通话吧，淡而无味，生趣索然，不能作为艺术工具。多读中国的古典作品，熟悉各地的方言，急切之间也未必能收效，而且只能对译文的语汇与句法有所帮助；至于形成和谐完整的风格，更有赖于长期的艺术熏陶。像上面说过的一样，文字问题基本也是个艺术眼光的问题；要提高译文，先得有个客观标准，分得出文章的好坏。

文学的对象既然以人为主，人生经验不丰富，就不能充分体会一部作品的妙处。而人情世故是没有具体知识可学的。所以我们除了专业修养，广泛涉猎以外，还得训练我们观察、感受、想象的能力；平时要深入生活，了解人，关心人，关心一

附录

切,才能亦步亦趋地跟在伟大的作家后面,把他的心曲诉说给读者听。因为文学家是解剖社会的医生,挖掘灵魂的探险家,悲天悯人的宗教家,热情如沸的革命家;所以要做他的代言人,也得像宗教家一般的虔诚,像科学家一般的精密,像革命志士一般的刻苦顽强。

以上说的翻译条件,是不是我都做到了?不,差得远呢!可是我不能因为能力薄弱而降低对自己的要求。艺术的高峰是客观的存在,决不会原谅我的渺小而来迁就我的。取法乎上,得乎其中,一切学问都是如此。

另外一点儿经验,也可以附带说说。我最初从事翻译是在国外求学的时期,目的单单为学习外文,译过梅里美和都德的几部小说,非但没想到投稿,译文后来怎么丢的都记不起来:这也不足为奇,谁珍惜青年时代的课卷呢?一九二九年至一九三一年间,因为爱好音乐,受到罗曼·罗兰作品的启示,便译了《贝多芬传》,寄给商务印书馆,被退回了;一九三三年译了莫罗阿的《恋爱与牺牲》寄给开明,被退回了(上述两种以后都是重新译过的)。那时被退的译稿当然不止这两部;但我从来没有什么不满的情绪,因为总认为自己程度不够。事后证明,我的看法果然不错;因为过了几年,再看一遍旧稿,觉得当年的编辑没有把我幼稚的译文出版,真是万幸。和我同辈的作家大半都有类似的经历。甘心情愿地多做几年学徒,原是当时普遍的风气。假如从旧社会中来的人还不是一无足取的话,这个风气似乎值得现代的青年再来提倡一下。

一九五七年五月十二日

致傅聪书信六封
谈西方文学

致傅聪

……关于批评家的问题以及你信中谈到的其他问题，使我不单单想起《约翰·克利斯朵夫》中的节场，更想起巴尔扎克在《幻灭》（我正在译）第二部中描写一百三十年前巴黎的文坛、报界、戏院的内幕。巴尔扎克不愧为现实派的大师，他的手笔完全有血有肉，个个人物历历如在目前，决不像罗曼·罗兰那样只有意识形态而近于抽象的漫画。学艺术的人，不管绘画、雕塑、音乐，学不成都可以改行；画家可以画画插图、广告等等，雕塑家不妨改做室内装饰或手工业艺术品。钢琴家提琴家可以收门徒。专搞批评的人倘使低能，就没有别的行业可改，只能一辈子做个蹩脚批评家，或竟受人雇佣，专做捧角的拉拉队或者打手。不但如此，各行各业的文化人和知识分子，一朝没有出路，自己一门毫无成就，无法立足时，都可以转业为批评家；于是批评界很容易成为垃圾堆。高明、严肃、有良心、有真知灼见的批评家所以比真正的艺术家少得多，恐怕就由于这些原因：你以为怎样？

一九六二年一月二十一日　下午

最近买到一本法文旧书，专论写作艺术。其中谈到"自然"（natural），引用罗马文豪西塞罗的一句名言：It is an art to look like without art.（能看来浑然天成，不着痕迹，才是真正的艺术。）作者认为写得自然不是无意识的天赋，而要靠后天的学习。甚至可以说自然是努力的结果（The natural is result of efforts），要靠苦功磨练出来。此话固然不错，但我觉得首先要能体会到"自然"的境界，然后才能往这个境界迈进。要爱好自然，与个人的气质、教育、年龄，都有关系；一方面是勉强不来，不能操之过急；一方面也不能不逐渐作有意识的培养。也许浸淫中国古典文学的人比较容易欣赏自然之美，因为自然就是朴素、淡雅、天真；而我们的古典文学就是具备这些特点的。

一九六二年四月三十日

近几月老是研究巴尔扎克，他的一部分哲学味特别浓的小说，在西方公认为极重要，我却花了很大的劲才勉强读完，也花了很大的耐性读了几部研究这些作品的论著。总觉得神秘气息玄学气息不容易接受，至多是了解而已，谈不上欣赏和共鸣。中国人不是不讲形而上学，但不像西方人抽象，而往往用诗化的意境把形而上学的理论说得很空灵，真正的意义固然不易捉摸，却不至于像西方形而上学那么枯燥，也没那种刻舟求剑的宗教味儿叫人厌烦。西方人对万有的本原，无论如何要归结到一个神，所谓 God（神，上帝），似乎除了 God，不能解释宇宙，不能说明人生，所以非肯定一个造物主不可。好在谁也提不出证明 God 是没有的，只好由他们去说；可是他们的正面论证也牵强得很，没有说服力。他们首先肯定人生必有意义，灵魂必然不死，从此推论下去，就归纳出一个有计划有意志的神！可是为什么人生必有意义呢？灵魂必然不死呢？他们认为这是不辩自明之理，我认为欧洲人比我们更骄傲，更狂妄，更ambitious（野心勃勃），把人这个生物看作天下第一，所以千方百计要造出一套哲学和形而上学来，证明这个"人为万物之灵"的看法，仿佛我们真是负有神的使命，执行神的意志一般。在我个人看来，这都是vanity（虚荣心）作祟。东方的哲学家玄学家要比他们谦虚得多。除了程朱一派理学家dogmatic（武断）很厉害之外，别人就是讲什么阴阳太极，也不像西方人讲God那么绝对，凿凿有据，咄咄逼人，也许骨子里我们多少是怀疑派，接受不了太强的insist（坚持），太过分的certainty（肯定）。

一九六四年四月十二日

我在阅读查理·卓别林一本卷帙浩繁的自传，这本书很精彩，不论以美学观点来说或从人生目标来说都内容翔实，发人深省。我跟这位伟大的艺术家，在许多方面都气质相投。他甚至在飞黄腾达、声誉隆盛之后，还感到孤独，我的生活比他平凡得多，也恬静得多（而且也没有得到真正的成功），我也非常孤独，不慕世俗虚荣，包括虚名在内。我的童年很不愉快，生成悲观的性格，虽然从未忍饥捱饿——人真是无可救药，因为人的痛苦从不局限于物质上的匮缺。也许聪在遗传上深受影响，正如受到家庭背景的影响一般。卓别林的书，在我的内心勾起无尽忧思，一个人到了相当年纪，阅读好书之余，对人事自然会兴起万端感慨，你看过这本书吗？假如还没有，我郑重地推荐给你，这本书虽然很叫人伤感，但你看了一定会喜欢的。

一九六五年九月十二日

最近正在看卓别林的自传（一九六四年版），有意思极了，也凄凉极了。我一边读一边感慨万端。主要他是非常孤独的人，我也非常孤独：这个共同点使我对他感到特别亲切。我越来越觉得自己 detached from everything（对一切都疏离脱节），拼命工作其实只是由于机械式的习惯，生理心理的需要（不工作一颗心无处安放），而不是真有什么 conviction（信念）。至于嗜好,无论是碑帖、字画、小骨董、种月季,尽管不时花费一些精神时间,却也常常暗笑自己,笑自己愚妄,虚空,自欺欺人地混日子!

卓别林的不少有关艺术的见解非常深刻,中肯;不随波逐流,永远保持独立精神和独立思考,原是一切第一流艺术家的标记。他写的五十五年前我只两三岁的纽约和他第一次到那儿的感想,叫我回想起你第一次去纽约的感想——颇有大同小异的地方。他写的第一次大战前后的美国,对我是个新发现:我怎会想到一九一二年已经有了摩天大厦和Coca-Cola(可口可乐)呢?资本主义社会已经发展到哪个阶段呢?这个情形同我一九三〇年前后认识的欧洲就有很大差别。

一九六五年九月十二日　夜

两周前看完《卓别林自传》,对一九一〇至一九五四年间的美国有了一个初步认识。那种物质文明给人的影响,确非我们意料所及。一般大富翁的穷奢极欲,我实在体会不出有什么乐趣可言。那种哄闹取乐的玩艺儿,宛如五花八门、光怪陆离的万花筒,在书本上看看已经头晕目迷,更不用说亲身经历了。像我这样,简直一天都受不了;不仅心理上憎厌,生理上神经上也吃不消。东方人的气质和他们相差太大了。听说近来英国学术界也有一场论战,有人认为要消灭贫困必须工业高度发展,有的人说不是这么回事,记得一九三○年代我在巴黎时,也有许多文章讨论过类似的题目。改善生活固大不容易;有了物质享受而不受物质奴役,弄得身不由主,无穷无尽地追求奢侈,恐怕更不容易。过惯淡泊生活的东方旧知识分子,也难以想像二十世纪西方人对物质要求的胃口。其实人类是最会生活的动物,也是最不会生活的动物;我看关键是在于自我克制。

以往总觉得奇怪,为什么结婚离婚在美国会那么随便。《卓别林自传》中提到他最后一个也是至今和好的一个妻子乌娜时,有两句话:As I got to know Oona I was constantly surprised by her sense of humor and tolerance; she could always see the other person's point of view.(我认识乌娜后,发觉她既幽默,又有耐性,常令我惊喜不已;她总是能设身处地,善解人意。)从反面一想,就知道一般美国女子的性格,就可部分地说明美国婚姻生活不稳固的原因。总的印象:美国的民族太年轻,年轻人的好处坏处全有;再加工业高度发展,个人受着整个社会机器的疯狂般的 tempo（节奏）推动，越发盲目，越发身不由主，越来越身心不平衡。这等人所要求的精神调剂，也只能是粗暴，猛烈，简单，原始的娱乐；长此以往，恐怕谈不上真正的文化了。

　　二次大战前后卓别林在美的遭遇，以及那次大审案，都非我们所能想像。过去只听说法西斯在美国抬头，到此才看到具体的事例。可见在那个国家，所谓言论自由、司法独立等等的好听话，全是骗骗人的。你在那边演出，说话还得谨慎小心，犯不上以一个青年艺术家而招来不必要的麻烦。于事无补，于己有害的一言一语，一举一动，都得避免。当然你早领会这些，不过你有时仍旧太天真，太轻信人（便是小城镇的记者或居民也难免 spy（密探）注意你，所以不能不再提醒你！

一九六五年十月四日